U0926770

副刊文丛 主编 李辉 王刘纯

家园与乡愁

李汉荣 著

中原出版传媒集团
大地传媒
大象出版社
·郑州·

图书在版编目(CIP)数据

家园与乡愁 / 李汉荣著.— 郑州 ：大象出版社，
2017. 1
(副刊文丛 / 李辉，王刘纯主编)
ISBN 978-7-5347-8477-4

Ⅰ. ①家… Ⅱ. ①李… Ⅲ. ①散文集—中国—当代
Ⅳ. ①I267

中国版本图书馆 CIP 数据核字(2016)第 313439 号

家园与乡愁

李汉荣　著

出 版 人　王刘纯
项目统筹　李光洁　成　艳
责任编辑　陈　灼
责任校对　安德华
书籍设计　段　旭

出版发行　大象出版社(郑州市开元路 16 号　邮政编码 450044)
发行科　0371-63863551　总编室　0371-65597936
网　　址　www.daxiang.cn
印　　刷　北京汇林印务有限公司
经　　销　各地新华书店经销
开　　本　787mm×1092mm　1/32
印　　张　9.375
版　　次　2017 年 1 月第 1 版　2017 年 1 月第 1 次印刷
定　　价　35.00 元
若发现印、装质量问题，影响阅读，请与承印厂联系调换。
印厂地址　北京市大兴区黄村镇南六环磁各庄立交桥南 200 米(中轴路东侧)
邮政编码　102600　　　电话　010-61264834

“副刊文丛”总序

李　辉

设想编一套“副刊文丛”的念头由来已久。

中文报纸副刊历史可谓悠久，迄今已有百年行程。副刊为中文报纸的一大特色。自近代中国报纸诞生之后，几乎所有报纸都有不同类型、不同风格的副刊。在出版业尚不发达之际，精彩纷呈的副刊版面，几乎成为作者与读者之间最为便利的交流平台。百年间，副刊上发表过多少重要作品，培养过多少作家，若要认真统计，颇为不易。

“五四新文学”兴起，报纸副刊一时间成为重要作家与重要作品率先亮相的舞台，从鲁迅的小说《阿Q正传》、郭沫若的诗歌《女神》，到巴金的小说《家》等均是在北京、上海的报纸副刊上发表，从而产生广泛影响的。随着各类出版社雨后春笋般出现，杂志、书籍与报纸副刊渐次形成三足鼎立的局面，但是，不同区域或大小城市，都有不同类型的报纸副刊，因而形成不同层面的读者群，在与读者建立直接和广泛的联系方面，多年来报纸副刊一直占据优势。近些年，随着电视、网络等新兴媒体的崛起，报纸副刊的优势以及影响力开始减弱，长期以来副刊作为阵地培养作家的方式，也随之隐退，风光不再。

尽管如此，就报纸而言，副刊依旧具有稳定性，所刊文章更注重深度而非时效性。在电台、电视、网络、微信等新闻爆炸性滚动播出的当下，报纸的所谓新闻效应早已滞后，无法与昔日同日而语。在我看来，唯有副刊之类的版面，侧重于独家深度文章，侧重于作者不同角度的发现，才能与其他媒体相抗衡。或者说，只有副刊版面发表的不太注重新闻时效的文章，才足以让读者静下心，选择合适时间品茗细读，与之达到心领神会的交融。这或许才是一份报纸在新闻之外能够带给读者的最佳阅读体验。

1982 年自复旦大学毕业，我进入报社，先是编辑《北京晚报》副刊《五色土》，后是编辑《人民日报》副刊《大地》，长达三十四年的光阴，几乎都是在编辑副刊。除了编辑副刊，我还在《中国青年报》《新民晚报》《南方周末》等的副刊上，开设了多年个人专栏。副刊与我，可谓不离不弃。编辑副刊三十余年，有幸与不少前辈文人交往，而他们中间的不少人，都曾编辑过副刊，如夏衍、沈从文、萧乾、刘北汜、吴祖光、郁风、柯灵、黄裳、袁鹰、姜德明等。在不同时期的这些前辈编辑那里，我感受着百年之间中国报纸副刊的斑斓景象与编辑情怀。

行将退休，编辑一套“副刊文丛”的想法愈加强烈。尽管面临互联网等新媒体方式的挑战，不少报纸副刊如今仍以其稳定性、原创性、丰富性等特点，坚守着文化品位和文化传承。一大批副刊编辑，不急不躁，沉着坚韧，以各自的才华和眼光，既编辑好不同精品专栏，又笔耕不辍，佳作迭出。鉴于此，我觉得有必要将中国各地报纸副刊的作品，以不同编辑方式予以整合，集中呈现，使纸媒副刊作品，在与新媒体的博弈中，以出版物的形式，留存历史，留存文化。这样，便于日后人们可以借这套丛书，领略中文报纸副刊（包括海外）曾经拥有过的丰富景象。

“副刊文丛”设想以两种类型出版，每年大约出版二十种。

第一类：精品栏目荟萃。约请各地中文报纸副刊，挑选精品专栏若干编选，涵盖文化、人物、历史、美术、收藏等领域。

第二类：个人作品精选。副刊编辑、在副刊开设个人专栏的作者，人才济济，各有专长，可从中挑选若干，编辑个人作品集。

初步计划先从20世纪80年代开始编选，然后，再往前延伸，直到“五四新文学”时期。如能坚持多年，相信能大致呈现中国报纸副刊的重要成果。

将这一想法与大象出版社社长王刘纯兄沟通，得到王兄的大力支持。如此大规模的一套“副刊文丛”，只有得到大象出版社各位同人的鼎力相助，构想才有一个落地的坚实平台。与大象出版社合作二十年，友情笃深，感谢历届社长和编辑们对我的支持，一直感觉自己仿佛早已是他们中间的一员。

在开始编选“副刊文丛”过程中，得到不少前辈与友人的支持。感谢王刘纯兄应允与我一起担任丛书主编，感谢袁鹰、姜德明两位副刊前辈同意出任“副刊文丛”的顾问，感谢姜德明先生为我编选的《副刊面面观》一书写序……

特别感谢所有来自海内外参与这套丛书的作者与朋友，没有你们的大力支持，构想不可能落地。

期待“副刊文丛”能够得到副刊编辑和读者的认可。期待更多朋友参与其中。期待“副刊文丛”能够坚持下去，真正成为一套文化积累的丛书，延续中文报纸副刊的历史脉络。

我们一起共同努力吧！

2016 年 7 月 10 日，写于北京酷热中

目　录

第一辑　故乡的植物

第三辑　温暖的地址

第一辑

故乡的植物

草　木

世上草木无数，宇航员从太空看地球，看到的是一粒蓝色晶体，那蓝，是由海水的蓝和植物的蓝组成。那时我还小，听到这则消息，我就想，那位外国宇航员看到的，一定也有我家乡原野的草木之色，包括这秧苗啊，土豆苗啊，狗尾巴草啊，鹅儿肠草啊，槐树啊，李子树啊，等等。

草木无数，遍布地球，而我们认识的、能叫出名字的实在太少，活了多半辈子，仔细清点一下，见了面能认识的，也就三四十种，多数还都是经常吃的蔬菜啊，果木啊，十分地实用主义，缺少美学趣味。这算什么呢？一本几十万字的字典里，只能认得三四十个字，不是个文盲是什么？我们都是植物盲——草木盲。

这三四十种相识，还是早年的故乡给我的。这么多年，就再没有新结识一株草木。就像我的那些亲戚，姨姨、舅舅、姑姑、表哥，都是小时候在乡下熟悉的血亲，年月久了，或因疏于来往，或因人世变故，不多的亲戚也就渐渐更少了。

的确，这自小就熟悉的植物就是我的亲戚，念起它们的名字，就忆起它们的样子，闻到它们的气息，想起它们的好处。来，叫叫亲戚们的名字吧：麦子、水稻、荠荠菜、桃树、柳树、车前草、柴胡、水芹菜、紫苜蓿……它们带着亲切的露水和清香，出现在你荒芜的记忆里，组成一片亲情的原野。

我一直觉得自己愧对自然和草木，自然不计成本地养育我，草木粉身碎骨地帮助我，可是我对自然缺少尊敬，更谈不上回报。我对草木缺少了解，也缺少爱惜，我连它们的名字多数都叫不出来。大街上行走，别人给你让个路，人家只是侧了侧身子，你都要连声道谢；别人请你喝杯茶，你也忘不了回请人家。自然时时养我，草木时时帮我，我何曾说过一声谢谢，何曾有过报答？内心里还认为理所当然（天下哪有理所当然的事情？），更有甚者，还动不动就做出伤害草木的举动。

人类是一种看重恩义的动物，但是很遗憾，人类在很多方面的表现又证明自己是忘恩负义的动物。就人与人之间而言，“恩深仇重”“仗义每多屠狗辈，负心总是读书人”“好心换来驴肝肺”等等成语俗语，都透露了对薄情寡义者的遗憾和谴责；而在人与自然的关系上，人的表现更差，若让自然说出对人的看法，即给人下个操行评语，估计自然也会不假思索脱口而出，就四个字：忘恩负义。

草木们肯定也赞同这个评价。不过，草木忠厚，草木无言，草木不记仇，尽管草木饱受伤害，但仍然簇拥着我们，在我们到达的所有地方，草木都提前到达，提前帮助我们料理山川，制造氧气，准备粮食，酝酿诗意，布置美学。草木心里也许有一个埋得很深的盼望和念想。我要好好想想，沉默了亿万年的草木们究竟在想什么？

我希望并且要求自己，除了不断修改自己的毛病，净化自己的人性，我还希望我的身上多一点草木的性情。

“草木有本心，何求美人折”——到了这个境界，你就可以与草木站在一起，拈花微笑，目送飞鸿。

（原载于《拂晓报》）

田埂上的野花芳草

那天，我独自到郊外田野游逛，时值初夏，油菜正在结籽，小麦开始灌浆，田埂上花草繁密，清香扑鼻。车前草、马蹄莲、狗尾巴草、灯芯草、灯盏花、鹅儿肠草、荠菜花、野草莓、鱼腥草、麦冬、苜宿花……叫得上名字的和叫不上名字的，一丛丛、一团团、一簇簇，它们全神贯注地沉浸于自己的小小心事，酝酿着田园诗意，精心构思着代代相传的古老乡土艺术。一些性急的野花已捧出了成熟的小果果，我采了几样放进嘴里，有的纯甜味，有的微甜带涩，有的不甜只涩，有的很苦涩。

我当然不能埋怨它们不可口，它们开花结果压根儿就不是为了让我吃。只是为延续自己的生命。它们自私吗？不，一点儿也不自私，它们没有丝毫的私心，也许它们本来无心，若说有心，那也是草木之心，草木之心者，天地之心也。它们属于天地自然，它们活着，是在为天地自然活着，是在为天地自然工作。它们延续了自己的生命，也就延续了土地的春天，同时也就延续了蝴蝶的舞蹈事业和蜜蜂的酿造事业，延续了鸟儿们飞翔和歌唱的事业。这样，其实也就延续了田园的美景，延续了人类的审美体验。在公元前的周朝和春秋时代，我们的先人在原野一边耕种，一边吟唱，信手拈来，脱口而出，就把身边手头的植物作为赋比兴的素材，唱进了“风雅颂”，在《诗经》三百余篇诗里，保存着上古植物的芬芳、露水和摇曳的身姿。沿着诗的线索，沿着田园的阡陌，一路走来了陶渊明、孟浩然、王维、杨万里……簇拥在他们身边脚下，摇曳在他们视线里的，都是这些朴素的野花芳草。兴许，他们还曾一次次俯下身子，爱怜地抚摸过它们，有时，就坐在地上，长久地凝视着它们，为它们纯真的容颜、纯真的美，而久久沉浸，在这种单纯的沉浸里，他们触摸到了天地的空灵之心，也发现了自己的诗人之心。面对大自然呈现的天真之美，诗人们无以报答，只有将一颗诗心回赠，于是，他们捧出一首首饱含情感之露和灵思之美的诗，献给自然，献给原野，献给这些美好的植物，其实是献给了从大地上一茬茬走过的岁月，献给了一代代人类之心。

我看着阡陌上可爱的植物们，内心里涌起了很深很浓的感情，对这些野花芳草们充满了由衷尊敬。它们从远古一路走来，万古千秋，它们小心地保管着怀里的种子，小心地捧着手里的露水；万古千秋，它们没有将内心的秘密丢失，没有将手中的宝石打碎。它们完好地保存了大地的景色，维护着田园的诗意。它们是大自然的忠诚卫道士，是田园诗的坚贞传人。即使时间走到现代，文明已经离不开钢筋、塑料、水泥，它们断然拒绝向非诗的生活方式投降，在僵硬的逻辑之外，依旧坚持着温婉的情思和纯真的古典品质。瞧，此刻，我身旁这些花草，它们手中捧着的，仍是《诗经》

里的露水，仍是陶渊明的种子，仍是孟浩然的气息。我就想，我们手里也曾有过不少好东西，但是，一路上被我们有意无意地丢失了、摔碎了多少？植物若是都像我们这样不停地丢失和损毁，这大地，这原野，这田园，会是什么样子？

我长久地望着这些温柔的植物们，想起那些关于地球毁灭、动植物灭绝的不祥预言和恐怖电影，想起我们充满忧患和灾变的地球生态环境，内心里产生了深深的忧郁和恐惧，对"灭绝"则是十万八千个不愿意！不说别的，就凭眼前这些温存、美好的植物，这些从上古时代启程，捧着《诗经》的露水，沿着唐诗和宋词的纵横阡陌，一路千辛万苦走来的野花芳草，这个世界就不该灭绝，而应该千秋万世地延续。是的，我们必须将纯真之美坚持下去，将自然之诗捍卫到底。

归去来兮，田园将芜胡不归！我听见，在南山之南，在田园远处，亲爱的陶渊明大哥，正向我招手、吟啸……

（原载于《西安日报》副刊《西岳》）

房前屋后药草香

我妈养了我们这一群孩子，艰苦不易，但都活了下来，直到现在都还算健康。这让人不得不想起小时候，那是人生发苗时节，若有个三长两短，随时会夭折的。没夭折，靠命大，命是说不大清的。佛教说修行要靠自己潜心证悟，也要靠诸般善缘的护持，才能渐入觉悟之境。护持，说得好。我想说的是，我们小时候的成长，一部分是多亏了房前屋后的诸般善缘——那些散发着药香的草木，护持了我们。

我家老屋房前是一大片菜园，为使下雨天屋檐水畅流，专辟了一条沟渠，从菜园蜿蜒穿过，有渠、有坎、有园，门前就有了田园的格局，沟渠两边就长满了各种草木，全是野生的，不知何时定居于此，估计与先人们同时吧，更有可能，远在三皇五帝之时，它们就在这里生长多年，谁住在这里，它们就是谁家的芳邻。草木众多，现在还记得的，有薄荷、灯芯草、野水芹、柴胡、前胡、麦冬、车前草、野菊花、指甲花、扫帚秧、薏米，等等，还有五六株椿树，七八棵榆树，三棵桃树，一棵柿子树，几棵冬青树，另外还有一株木槿花树，两株花椒树，在中医里它们也是药木。一到谁有了头痛脑热、胃里泛酸、身上起疖子，出生中医世家、懂点医道的我妈，就几步走进我们的“中药铺子”——我们家的菜园里，采些对症的，薄荷啦，柴胡啦，麦冬啦，熬成药汤，喝几次，小毛病就好了。

对了，屋后也有芳邻，我家屋子有个后门，后门外是一片竹林，竹林外边是我家宅地边缘，绕村而过的溪水正好从竹林边淙淙经过，好像流水也喜欢这片竹林，就放慢流速，想多在竹影里待一会儿，还哼唱着什么，调子很低，像在试唱，或回忆歌词，但嗓子终未嘹亮起来，歌词还未记起来，已走出竹林。溪水可能觉得对不起这片竹林和这户人家，流水有情，且是深情，水走在哪里就要留下些什么的，鱼儿、泥沙、水草、倒影，或一段民谣。这些，水该给我们的都给了，但是，这段多情的流水觉得这还不够情义，就特意在溪畔、竹下，留下了几样药草，鱼腥草、菖蒲、葛根、金银花、麦冬、灯芯草，等等，有好几样，正好是房前菜园里没有的，这样房前屋后一互补，常见小毛病都有药可治、可防，我家真成了一个中药铺了。无论有病无病，每过一些时候，我妈就要熬上一锅药汤，让我们每人喝一大碗，我妈说，有病治病，无病防病，这药汤，有药性，也有营养，养人也护人，孩子们，喝吧。

春夏时节，我家周围的空气里弥漫着一阵阵药草的香味。记得那时日子很清苦，但也记得，那时夜晚睡觉几乎不做恶梦，总有某种神秘的气息潜入梦中，改变着梦的方向，梦一次次被黑暗绊倒，又爬起来，拐个弯儿，朝向黎明那边草木盈盈的原野奔跑。

当时，不觉得这些有什么特别，现在回想，明白了，我们其实是在草药的看护下度过了童年。那些本分厚道的草木，秉承着大地的深恩大德，环绕着我们的老屋，环绕着我们的小小岁月，用它们的苦口婆心，用它们绵长的呼吸，帮助和护持着我们。人的生命里肯定是有年轮的，我若能解剖和考察我的年轮，一定会看见细密纹路里珍藏的那些多情草木的身影，还会闻见封存完好、永世不绝的药香。

（原载于《西安晚报》）

到蔬菜地看看

你若遇到想不开的事情，一定要想开，千万不可对着身边的绳子啦，刀子啦，触景生情甚或一念之差，竟把它们套上或架上脖子，千万别啊，想开些，再想开些，有什么想不开的呢？

万一还是想不开，我建议你出去走走，就跟着我，一同到蔬菜地里走走，坐坐，看看。

好，咱就坐在田埂上，和蔬菜面对面，你看，蔬菜也在看我们呢。

你看啊，你就好好看看这些蔬菜。

你以为这被埋没的土豆，就真的埋没了，会在埋没它的土里苦闷自杀？不，哪会啊，在被埋没的日子里，正是生长的好日子，土豆在暗暗使劲长呢。

你以为西红柿被谁的风言风语气红了脸，肺都快气炸了？怎么会呢？那是人家高兴，西红柿的想法就这么简单和坚定：只要住在土地的家里，就没有什么不高兴的。它经常为又一次能看见阳光而高兴到狂喜的程度。

你当然不会偏执地以为葫芦把自己挂起来是在上吊自尽，从古至今，从来没有出过这样的闷葫芦。乐天达观、心胸宽广的葫芦，总是沿着春天的线索，尽可能把自己挂到一个合适的位置，当然，最好是挂在月亮经过的那个农家大嫂的窗口。

嗨，你看见菠菜了吧，屎尿都往人家身上泼，这下脸没处放了。可是，人家菠菜不这样想，泼吧，屎尿们，庄子曰“道在屎溺”，屎里有道，屎里有营养。在屎尿们的污蔑和丑化下，菠菜却长得更体面，出落得更漂亮了。

你再看刚刚被刀割过的韭菜，你以为它从此完了？完了的是它的旧我，在刀痕里，它获得了新生。什么是绝处逢生，什么是向死而生？这死而复生、不断新生的韭菜，在给我们一次次耐心讲解生与死的辩证法。

你看这包包菜，上面有虫咬过的口子，多厉害的虫的牙齿。但是，人家包包菜并不为此绝望和诅咒，或者心里从此就充满对世界的仇恨。不，人家包包菜有度量，也有方法。它谨慎地关上一扇扇窗和一扇扇门，保护着自己那颗清纯的心。虫眼不是季节的句号，它该怎样生长还是怎样生长。至于那些虫眼和伤痕，倒成了它无公害、无毒素的显著标志。有经验的人都会说，能被虫虫看上，能容得下虫虫，说明这棵菜心地善良，清香可口，能养虫，肯定也养人。

那些躺在地上的西瓜啊，南瓜啊，冬瓜啊，绝不是因为没有被挂在高处或没有被摆在显眼的位置，而颓废、而厌世、而气急败坏、而在地上打滚撒泼，不，它们天生是一群快乐的傻瓜，也是一群大智若愚的傻瓜，更是一群多情的傻瓜。它们憨憨的外表背后，是随遇而安的好脾气，是宽厚能容的心，在它们宽厚的心里，洋溢着充沛的情感和鲜美的思想。

你再往远处看：

甘蔗在本没有糖甚至有些苦涩的土里，酿造出糖来。

花生在根本就没有花生的地方，长出花生来。

辣椒在冰凉幽暗的土里，硬是把火焰捧了出来。

含辛茹苦的玉米，此时把娃娃们搂在怀里，扛在肩上，成长的娃娃在安慰着慈爱的妈妈……

看着，看着，你渐渐眉宇舒展，脸色也开始有了晴朗。

当然用不着我说什么了。

该说的，蔬菜们都说了，远处的庄稼们也给予了必要的补充。

无言的植物，在向我们讲授着大地的哲学，生存的美学和成长的营养学。

（原载于《西安日报》副刊《西岳》）

丝瓜与葫芦

张家和李家是邻居，一向很和睦，甚至可以说是很亲热，只因为一次原因不明的争吵，两家伤了和气，便再不来往。虽说不争不吵，但表面的平静中潜藏着一种紧张，一种戒备，甚至隐隐约约的敌意。

连两家的动物也不来往了。张家拴了自家的猫，再不让去捉李家的老鼠；李家训斥了自家的狗，再不为张家义务放哨。

只是，谁也管不了那些老鼠，造访了张家的柜子又来品尝李家的新米。还有那些苍蝇，访问了张家又访问李家，不管是吃饭的碗、盛水的桶还是房前屋后的垃圾，都是它们的自由口岸。自从两家有了隔膜，都成了不自由、不随和、不宽容的人了，他们总是互相提防着、戒备着。

他们之间不仅没有了情感，而且没有了平常心，时时都处在临战状态，时时都想知道对方的秘密又时时严防自己的秘密被对方知道。

无知的植物只知生长，只崇拜露水、阳光和地气，谁的话它们都听不懂也不想听懂，它们只听老天爷的话。

张家的丝瓜藤越过院墙，进入了李家的院落。李家的葫芦蔓翻过院墙，进入了张家的院落。

一场雨后，无知的植物们已深入到对方的纵深地带。

张家和李家，都可以制止自家的孩子和狗、猫不与对方往来，但都无法制止那些无知的植物们随意走动。

盛夏季节，天大热，厄尔尼诺效应控制着整个世界的气候，也左右着张家和李家的气候。在很热的季节里，他们的关系依旧很冷很紧张。

酷热难当的时候，他们就在绿荫下乘凉。

张家就躲在葫芦蔓下面乘凉，葫芦蔓是从李家那边伸过来的。李家就坐在丝瓜藤下面乘凉，丝瓜藤是从张家那边垂下来的。

张家的锅里炖着李家的葫芦；李家的碗里盛着张家的丝瓜。

他们仍然没有来往。那些无知的植物们早已打通了他们之间的界限，并且已进入了对方的生活、对方的碗里和对方的身体。在盛夏，无知的植物们改变着他们的温度、湿度和梦境。他们的身体细胞里，都有对方提供的叶绿素、维生素和微量元素。

但是他们两家仍然不来往。

我忽然发现了植物的伟大。

在这个充满误解、纷争和仇恨的世界上，正是那些纯真的植物，维持了大地的和谐和生存的希望。

（原载于《人民日报》副刊《大地》）

柳木拐杖

爷爷拄着一根柳木拐杖，去河那边走亲戚。走到半途，在原野的尽头，爷爷撒了一泡尿。爷爷提起裤子继续赶路。忽然感到手里缺了一样东西，路似乎也高低不平了。爷爷才记起在撒尿的时候，他顺手把那根柳木拐杖插在地上，忘记了，于是手就这么空着，路就难走起来。

爷爷在亲戚家住了十天。临走时，亲戚给他一根柳木拐杖，并且叮咛说：再不能把它丢了，无论撒尿、歇息，都要记着它，你手里有一根柳木拐杖。

爷爷走原路返回。在原野的边缘，他看见了他丢失的那根柳木拐杖，它已扎了根，长出细细的柳芽。

爷爷拄着亲戚送给他的柳木拐杖走回家。回到家，柳木拐杖已被太阳烤干，爷爷用它烧柴做饭。

原野尽头的那根柳木拐杖，已很快长成一棵大柳树，成为过路人乘凉的地方。树上的鸟儿叽叽喳喳，生儿育女，成就了一方乐土。

爷爷对我说：孩子，手里如果有多余的东西，比如一捧种子或一根柳木拐杖，能扔下就要舍得扔下，不要自己吃完用尽，留一些在路途上吧，说不定，它们会长出一片风景。

爷爷还说：不要害怕自己丢点东西。自己受些损失，天地会因此得到好处。天地好了，你还会不好吗？柳木拐杖长成柳树了，鸟还愁没家吗？夏天还会愁没有绿荫吗？

爷爷送我一根柳木拐杖，叮咛说：孩子，一路走好。

在城市，我不敢拄这根柳木拐杖，人家会笑话我土气，嫌我影响交通；如果我不小心将它丢失在大街上，不仅它不会在水泥地板上长出绿叶，我还会因此而被罚款。

城市呀，水泥呀，工业呀，技术呀，电脑呀，网络呀，市场呀，爷爷给我的这根柳木拐杖果真就没有价值了？果真就没有了长成一棵柳树的希望了？除了垃圾，我再也不能给这个世界留下别的东西了？

我很快回到故乡，我把这根柳木拐杖插在爷爷的坟上。它会长成一棵柳树。等我老了，我就离开城市返回故土，从这棵柳树上折一根枝丫做我的拐杖。

我会像爷爷那样，拄着拐杖在大地上走来走去，如果不小心丢失了它，没关系，它会被土地保存起来，长成一棵大柳树。

柳树的绿荫，是我留给大地的身影……

（原载于《人民日报》副刊《大地》）

四季豆

四季豆好吃，与猪肉、萝卜、土豆熬在一起，特别有味，在民间是很普及的一道好菜。

多年前，我是光棍汉的时候，日子疏于料理，经常冰锅冷灶，只好去街上餐馆凑合，吃得不干不净半饱半饥，长时间下来，人也就面黄肌瘦。已经成了家的朋友见状，心生恻隐，有时就邀请我到他家里改善改善，我吃得最满足的，是米饭加土豆萝卜四季豆熬肉。

至今想起，仍然口有余香。想起那味道，就想起那情景，就想起朋友妻子围着厨巾、戴着袖套于厨房忙碌的样子，想起我与朋友一家围着餐桌吃得津津有味的场面，想着想着，就忍不住想立刻去见那朋友，围炉而坐，共话往事。若是真的见了面，我定要特别感谢他那四季豆熬肉，还要趁与他妻子握手的时候，看看那双已经不再年轻的手，我要向这双手问候。在这双手还十分白净娇嫩的时候，为了让那个光棍汉吃一顿可口饭，她把手伸进冬天冰冷的水里，刮土豆，洗萝卜，摘四季豆。现在，这双手已经粗糙了，这与岁月有关，也与那一次次做饭熬肉有着或多或少的关系啊。

据此，我对友谊就有了自己的体会。真正的友谊是单纯的，也是丰富的。性情趣味、精神境界相近的人，若有缘相遇，就有可能成为朋友。朋友是决不能当工具使用的，像现在的人把朋友作为“人力资源”去经营开发利用，那不是在交朋友，那是在经商谋利，朋友只是他经营的一个店铺门面，利润最大化是其核心目标。可想而知这样的所谓友谊是多么可疑、多么庸俗、多么虚假。利益交换不是朋友，酒肉关系不是朋友，投桃报李者，虽具“共赢”特征，但也未必就是真朋友，一旦投了桃而没有收到回报之李呢？还算是友谊吗？

友谊不应该承担过多的世俗事务，不应该肩负额外的繁杂使命，不然，会拖垮了友人，榨干了友情，最终丢了友，失了谊，只剩下遗憾，甚至留下伤口。

友谊是人生的温暖记忆，若是有了精神默契、心灵共鸣等等高贵元素的加入，友谊就具有了精神品格，就具有了温度、深度和厚度。真挚的友谊，能让我们降低人生的成本，减轻生存的孤独感、苦累感和虚无感，使人生成为一个虽然没有终极意义却在过程里充满着感人细节的诗意之旅和情义之旅。

这样说，并不是友谊就不能有一点实际的内容，不是的。当朋友困苦时，你情同手足般施以援手；当朋友落难时，你及时出现在他那门庭冷落的门前；当朋友负重爬山时，你分出你的左肩，缓解他那红肿的右肩……这就是有人说的：得意时，朋友认识了你；落难时，你认识了朋友。这种危难中的深情厚谊，能温暖心灵，拯救苦厄，升华人生。

在日常生活里，那些朴素而饱含情感的细节，都会使日子温暖，使友谊加深。比如：焦渴时的一杯清茶，苦闷时的一句安慰话，蒙昧时的一本启人心智的书，日子窘迫时的一顿可口饭，等等，都会使我们对生活心存感恩，都会改变我们对人性的负面理解，尽管生活中有阴影，人性里有缺陷，但那点点滴滴的真情，使我们有理由相信，人心毕竟是肉长的，而肉长的人心，总是有温度的，总会有柔软的时刻。

写到这里，我又想起那四季豆熬肉了。我又想起我已有多年没见的那位朋友和他朴实的妻子了。多年前的那些冬天，在他们那不大的屋子里，在那烟火缭绕、香味诱人的厨房里，他们忙碌着，他们在烹调可口的四季豆熬肉，也在烹调友情，烹调难忘的记忆。

朋友，你们都好吧？

（原载于《汉中日报·都市周刊》）

蚕豆花

淡紫色的蚕豆花，有一种忧郁的情调，它是典型的平民，骨子里却透出贵族的气质。说是贵族，它又那么安分守己，长在哪里都心气平和，安静地过自己的日子。在我的家乡，它很少被种植在整块的田地里，多数是插播在田埂上、沟坎儿边，有时就被随意种在满是尘土的村头路边。它很少有过体面的生存环境，但是它的样子总是体面的。

我媳妇在城里长大，小时候没见过多少农作物。那年第一次到我家，看见路边的蔬菜豆苗，很是惊喜，尤其欣赏那刚开的蚕豆花，说它有点忧郁，细看能看出一种高贵。我说，它平常到再不能平常了，你这样夸它，它会害羞的。

正说着，我自小就叫三娘的那位老妇人从河边洗完衣服往家里走，路上与我们相遇，我们就站在蚕豆花旁，向三娘问候，叙了一会儿家常。三娘走了，从背影里看见她衣服上打着几处补丁，走路的步态却显得端庄，有风度。我是略知三娘一些身世的，她幼时上过学，爱好古典诗文，后来嫁给我三堂叔。三叔不识字，那时乡村大多数人是不识字的，更不会欣赏什么诗啊文啊。乡亲们说三娘有自言自语的毛病，背后议论她可能神经有问题。其实那是三娘一生都保持着自己的诗文爱好，时不时就把那些古色古香的句子默念给田野上的庄稼蔬菜，在鸟声虫鸣清风月光里，体会着那种意境和趣味，享受着近似于私密的诗意慰藉。

听了我的讲述，我媳妇说，难怪我看你三娘很有些忧郁，忧郁里又透出一种藏得很深的华贵。怎么说呢，她衣服上甚至有补丁，那无疑是清苦的标志，但我总觉得她有一种贵族的气质。

这时候，我们不约而同地，把目光投向路边的蚕豆苗，它正在开花，是淡紫色的，忧郁的那种花。它是植物里的诗，它是隐藏于乡野民间的贵族。

我对我媳妇说，它不仅仅只是我三娘的化身，不妨把它看作乡土女儿心的集体象征。世世代代，多少乡村的女儿们，都有着纯真的心，也许多数并没有读过诗，但她们的心是诗一样、梦一样的。她们怀着单纯的愿望，相夫教子，做饭纺织，在清苦的原野辛勤劳作，从生活的阡陌上一茬茬走过。从她们的脚印里，生长出随处可见的蚕豆花。

在每一种寻常植物的心里，都藏着高贵的气质，但它们并不是养尊处优的贵族阶级，而是地道的平民。这就是为什么我们看见的，大都是寻常的植物，却从它们寻常身影里，分明能感受到一种尊贵气息。被这些美好植物厮守着的故乡，总是令我们长久眷念。

（原载于《汉中日报·都市周刊》）

空心菜

人心要实，火心要空。吾乡老一辈人，常用这句格言教育后辈儿孙。

在吾乡，那些虚来晃去的“空心人”，一向是不受欢迎的。

然而，在吾乡，人们却喜欢空心的植物。

空心的竹子，吾乡的人们夸其虚心有节，是君子。

空心的莲藕，吾乡的人们赞其身处暗室，心却通着净土慧光，是赤子。

空心的灯芯草，吾乡的人们爱其掌灯于荒野僻地的慈悲身影，采其入药，相信它也能照亮身体里那些暗昧疾苦之地。

而对偶尔空心的萝卜啊，莴笋啊，吾乡的人们并不嫌弃，而是轻轻一笑，说：看这老好的娃娃啊，对土地多孝敬，把心都交给土地了，但它对我们是没有二心的，明年，它会在土里把心找回来捧给我们的。

这就说到可爱可口的空心菜了。

空心菜为什么是空心的呢？

吾乡有一个说法：鉴于许多植物都是实心的，实了有实的好，但太实了，就少了点灵气，有时就听不见土地在说什么，露水在说什么，也听不见人以及虫虫鸟鸟在说什么。于是有一种菜，就决定让自己的心保持一点空，保持一些空灵的感觉，而让自己的叶子努力长成耳朵的形状，去听风的声音、人的声音、虫子的声音和流水的声音。那空着的心，就想啊想啊，它很想想明白土地上的事情。

这样，长着长着，就长成了空心菜。

吾乡的智者说：将心比心，菜的心，也是想知道人的心的。

但是，它知道人的心在想什么吗？

智者反问：你呢，你知道菜的心在想什么吗？

将心比心，用心换心，我们和万物的关系，我们和空心菜的关系，其实都是在交换彼此那颗神秘的、通灵的、有情有义的心啊。

空心菜的心，就那么空着，思量着，在露水里等待着。

（原载于《拂晓报》）

甜菜

小时候，家贫，日子过得清苦。粮食不够吃，瓜菜帮了大忙，几乎每一顿饭，瓜菜都是主角。白菜、萝卜、芹菜、土豆、红薯、茄子、冬瓜、丝瓜……我这一米七左右的个头，这一百来斤的重量，都是这些菜啊瓜啊打的底子，要不然，即使不饿死，也许只能长得很矮，或成病弱之身。所以，我对蔬菜，延伸至对一切植物，都怀着特别深的感情。古人说，“一餐之恩不忘”，蔬菜们提供给我们的岂止百餐千餐，可以说恩重如山。直到现在，我一看见苗苗草草，就感到亲切，心情变得柔软湿润。一看见谁砍树斩草除苗，就很生气。即使大扫除时，有人要拔掉小区内的杂苗杂草，我也禁不住要制止，我说，世上根本就没有杂苗杂草，所有植物都是好苗好草。

我吃过的众多蔬菜，现在多数仍在吃着，但有一种菜，叫作甜菜，有二三十年没吃过，甚至再没见到过。那可是我小时候，家里经常吃的菜。

记得甜菜生长在冬春季节，冬天居多，在那寒冷的日子，甜菜来到我们简陋的饭桌，进入我们的身体，用它微弱的热量，支援我们单薄的青春和艰苦的日子。

说是甜菜，它其实并不甜，而且似乎还不太好吃，有点苦涩。但为什么叫它甜菜呢？至今也不明白。

菜的名字也许是不必较真的，就像人的名字一样，我记得的乡亲，有人名叫干娃，人却绝不干瘦，倒是高大壮实；有人名叫福娃，却受了一辈子苦；有人名叫国柱，家里穷得到老也没立起房的柱子；有人名叫鸿儒，也只是表达了一个志向，人虽然聪明好学，无奈家境贫寒，小学没毕业就辍学打工了。

甜菜虽然不甜，还有点苦，但这甜甜的名字，却也诱导了我们对甜的渴望和想象，因为那时候吃到甜的东西很不容易，逢年过节或来了亲戚，才能吃到几颗水果糖，过年才能吃到馅里有糖的汤圆。我们的口里经常是苦的、寡淡的，以至于有时做梦竟梦见了糖，幸福的口水打湿了童年的枕头。

在这样的境况里，甜菜及时出现了，甜菜来到我们中间，我们总算吃到名叫甜的菜了，虽然它不甜，还有点苦。

我就想，也许，甜菜被无数人无数次叫着，它也很着急吧，它甚至很惭愧：那么多人殷切地叫着唤着它的甜，它怎么就不甜呢？也许它一直在暗暗想着办法，想改变自己，想在某个时刻忽然给人们一个惊喜：它浑身含着糖分，它真正成为甜菜了。

所以，当我随母亲来到地里，看见甜菜碧绿碧绿的，脸色有点发青，我就想这可能是甜菜正在心里用劲，想让自己变甜，它内心的愿望憋得太久，脸都憋青了。当剜回甜菜，被母亲放在锅里熬煮，我竟十分同情甜菜，那沸腾着的水里，煎熬着的，是甜菜鲜嫩、善良的心啊。

一晃几十年过去了，被甜菜喂养过的那个孩子早已是大人了，而甜菜，却不知在何时离别了他，他竟有好多年没见过甜菜的面了。一种进入过我们的身体、支援过我们的青春、唤起过我们对生活的渴望和想象的植物，是永远不能被遗忘的，它已经是我们身体和记忆的一部分，它给我们的恩惠，是绝不次于恩人、朋友的。其实，它就是我们的恩人和朋友。

我相信甜菜还活着，在大地的某些地方、某些菜园，保持着它碧绿的容颜，保持着安静平和的性格。

也许，它已经不叫甜菜了，因为它略带苦涩，被植物学家另改了名字。但是，在我的心里，它就是甜菜，它的名字永远叫甜菜。

我一定要找到它，还要找到它的种子，将来退休了，我就回到乡下，在一片菜园里，种上各种心爱的蔬菜，当然少不了它——我一定要恭恭敬敬地种上一畦甜菜。

每天，清晨或黄昏，望一眼远天，看一眼菜园，唤一声甜菜，往事就盈盈而来，满眼满身满心，都是土地的气息和岁月的芳泽……

（原载于《西安日报》）

茄　子

关于茄子，不说它的营养价值，也不说它对我们生活的帮助，以下要说的三个情景，是属于我的私人化的记忆。而最深的感受，才能沉淀为私人记忆。

情景一：记得小时候第一次在菜园里看见茄子，就被它与众不同的颜色抓住眼睛——不红，不绿，不黄，也不白，大大小小的茄子，都是这么个脸色，啥脸色？三岁小娃不懂，我妈告诉我，这叫紫色，茄子是紫色的。它怎么是紫色的呢？妈说：茄子天生就是紫色的。为什么天生是紫色呢？妈说：问茄子，茄子也不知道。

那问谁呢？我妈说：长大了上学问老师。后来上小学了，上中学了，上大学了，上研究生了，毕业了，成了所谓的知识分子了，不得了了，可到现在还是不知道茄子为什么是紫色的。只知道有个基因的说法，茄子是紫色，是由它的基因决定的。那么，基因又是谁决定的呢？不知道。这才想起我妈早就给了标准答案：茄子天生是紫色的。

情景二：20 世纪 70 年代初，我十岁左右，读小学，开学了，我爹为我凑学费，就摘了两大筐茄子，挑到叫元墩的集市去卖。一百二十斤茄子，卖了六角钱。五厘钱（也即半分钱）一斤。确实便宜，太便宜了。现在的茄子三元一斤，是四十年前的六百倍。同样的茄子，价格形同霄壤。除了说明物价和消费的变化，也看出土地、农业和农民境况的变迁。要是茄子知道了自己身价的巨大涨幅，脸色本就发紫的它，会不会惊讶得变成酱紫？会不会吓晕过去？很有可能。不过更有可能的是：茄子一旦镇定下来，就会变得心气平和，觉得做一个茄子也是值得的，土地和人都没有小看它。

它也许会立即想找到我父亲，要跳进他的筐子再进一次城，用它换来的收入，好好慰劳我勤苦的父亲。可是我父亲早已走了，世上生长的茄子，与我父亲永远没有关系了。

情景三：记得上中学时，有一次与父亲到菜园里摘茄子，看见茄子苗身上都挂满了大大小小的茄子，向阳处长得壮实的，结的茄子又大又胖；背阴处长得不很欢实的，也没有少结茄子，只是略微瘦小一点。有的茄子苗，可能生长期受了虫咬或别的什么伤害，个儿矮，瘦，能活下来就很不容易了，按说结不结茄子，都是会被谅解的，可是它却老老实实结了很多个茄子，挣挣扎扎地扛在瘦弱的肩上。我把我的想法说给父亲，说，这棵苗可能受过伤，害过病，发育不良，它即使不结茄子，我们也会原谅它。想不到善良的父亲却说了一句很不善良的话：不原谅它。原谅了它，人就要饿肚子。它要是不开花，不结茄子，我早早就要除掉它的，不许它白占土地。这句话，当时深深触动了我，至今我仍然这样想：都说人活着不容易，牛活着不容易，驴活着不容易，猪活着不容易，羊活着不容易，狗活着不容易，虫虫鸟鸟苗苗草草活着都不容易，只要是个命，谁活着都不容易。就是一苗茄子，你说，它容易吗？

（原载于《皖北晨刊》）

鹅儿肠

民间有鹅儿肠草、鹅儿肠菜、鸡肠菜、和筋草等多种称呼。肠者，状其柔、细；它能在田间菜地路畔见缝插绿，不择地而随处生长，故称其为草。它也确实被视为杂草，过去庄稼人下地除草，除的最多的就是鹅儿肠。与别的杂草不同的是，鹅儿肠还是一种野菜，嫩，鲜，味道好，还能清火解毒防治感冒。

小时候，我没有少吃过野菜，包括这鹅儿肠。这一方面是对匮乏食物的补充；另一方面，在我的故乡，人们受中医的长久恩惠和影响，乡亲们无论是能识文断句的还是大字不识的，潜意识里大都有着中医的眼光，人们普遍相信山野无凡草，百草都是药，虽然对多数植物的药性与功能并不都很清楚，但人们除了对个别有毒性的植物严守禁忌敬而远之，对多数植物则相信它们是善良的、对人和生灵是友好的，因之，也就亲而近之，放心食用。我曾经这样想：人以及生灵，对植物的最高礼遇，是将自己的身体作为对方的归宿之地，看起来是将植物吃了，其实也可以理解成是将它供奉在自己的身体里了，让其与自己的生命打成一片了。生命和身体，是何等贵重之地，进入了身体，也就等于进入了用肉身建筑的庙宇和教堂，等于作为神物被供奉了。从人这方面来说，人吃植物，是在喂养自己的身体，顺便欣赏了植物的色、香、味、形，物质活动里伴随了审美；在植物的方面可能会有这样的感想：植物进入人的身体，养人，它觉得是在养着一个神秘的神，它对这个神不太好理解，他贪吃，他明明知道这具身体——这座庙宇迟早会坍塌，但他还是吃进很多东西去堆积、支撑、加固这座注定要倒塌的庙宇。植物就想：

也许它养活的不只是这座庙、这具身体，而是养着藏在这具身体里的一个看不见的东西——那才是它供养的真神。

这样理解人与植物的关系，我以为既有趣，而且符合造物者的初衷和本意。否则，如若老是想着人吃植物，是人占有了植物，甚至戕害了植物，人就总是在植物面前抬不起头来，觉得有愧，有过，甚至有罪。

把人与植物的关系，理解成互相供奉的关系：人作为庙宇，被植物供奉；植物作为祭品，被人收纳。而最终，人也作为祭品，被大自然和宇宙收纳，包括被植物收纳。这样，万物都成为一个互相献祭的过程，共同献给宇宙一份祭礼。

这样，既不拔高人，也不贬低植物，它们是平等的，彼此互为神灵和祭品。

说到这里，就可以换一个角度来看养活我们的那些朴素又普通的植物蔬菜，包括作为杂草之一的鹅儿肠。

鹅儿肠是杂草吗？

这实在不好回答。把养活了自己的，视为杂草杂物，不仅不礼貌，而且显得没良心。就如同有人把养活自己的另一些同胞，视为社会闲杂人员，无数的农民乡亲多年来就是此种待遇，他们从事辛苦的农业生产，养活着天下众生，却一直以来被视为没有正式职业的人，成为队伍庞大的“社会闲杂人员”。我的父母都是农民，我也是被“社会闲杂人员”养大的啊。

那么，就叫它野菜吧，也似欠妥，因为它的确是常常作为杂草从菜地和庄稼地里被除掉的。

叫杂草就叫杂草吧，鹅儿肠，原谅我们的词不达意和理屈词穷吧。

在我们生活的周围，在我们生命的周围，在我们身体的周围，生长着、缭绕着多少可爱的、憨厚的、亲切的杂草啊。

百草都是药，多少珍贵的药，是以平常的姿态、是以杂草的形象，默默地出现在我们面前，默默地跟踪着我们的身体，跟踪着我们的病。

野无闲草，闲草不闲。饿了的时候，它是我们的食物；病了的时候，它是我们的药物。在平常日子里，它是无处不在的好风景。

我们把它视为杂草，在这些“杂草”的眼里，我们是什么呢？也许，在它们眼里，我们只是些匆匆过客而已，而它们，这些杂草们，才是大地的永恒主人。当我们全都一茬茬消失，唯有遍地的“杂草”葱茏着世界，也无声地覆盖了我们的坟墓。

不过，见证过沧海桑田的“杂草”，不说透这个理儿，怕伤了我们那点渺小的自尊。

鹅儿肠，如同所有乡野杂草一样，它们都有着菩萨般的好心肠……

（原载于《西安晚报》副刊《终南》）

菠　菜

小时候，误以为它叫“波菜”，心里想，起名字的可能是说它像水波一样起伏活跃吧。又觉得这个名字起得不太对，因为我感到波菜并不“波”，不活跃，倒是很安静、很乖、很本分，静静蹲在地上，像害羞了，不敢见人似的，样子有点儿笨。我猜想，起名字的不忍心叫它笨菜，也不好称它为乖菜，就按照中医缺啥补啥的思路，爱怜地称它为波菜，透露出希望它波动一些、活泼一些的意思。

后来才知道它不叫波菜，而是叫菠菜。想错了一个字，误会了一个菜，为一个菜名，心里多少年转了不少弯儿，倒也不算浪费心思，记忆里对它就有了特殊印象，这就像在某个场合叫错了一个人的名字，被对方纠正过来，从此就牢牢地记住了这个名字，对其形象风貌也有了较深记忆，而那些当时没有叫错的名字，过后有可能就忘了那名字，对其人的印象也很快模糊了。

波菜不叫了，永远叫菠菜了。然而，我发现，菠菜却是越来越波动，越来越活跃，越来越高调，越来越不本分了，甚至有点儿张狂了。

为什么这样说呢？

现在的蔬菜地里，蔬菜市场上，你看见的菠菜多数都又大又高又胖，有的，已经没有了菠菜的长相，倒像是高挑的青笋，而青笋呢，已经不像青笋，倒像是一种高大的灌木。

这当然不能责怪蔬菜。被化肥反复刺激和挑逗，被农药反复逼迫和伤害，被金钱反复教唆和引诱，蔬菜们，包括菠菜，不得不按照市场的逻辑、按照利润最大化的原则疯狂地放大自己、膨胀自己——它们越来越不像自己、不是自己了，但是商业却说：你们就应该是这个样子，这才是赚大钱的样子。

商业一语破的：蔬菜已经不是蔬菜，是钱，是票子。

还听说要为你们转基因，转基因之后，你们的个头有可能再来一次飙升，变得真像青笋那么高挑，甚至像灌木那么茂盛。

菠菜，这下真变成波菜了，像风中的浪一样波动、汹涌、翻滚。菠菜疯了，疯了的菠菜只知道市场和金钱，菠菜已经不知道谁是菠菜。

被贪婪的市场没完没了地刺激、怂恿，被冷漠的技术没完没了地篡改、教唆，菠菜渐渐丧失了那颗安静、朴素、本分的草木本心，菠菜疯了，菠菜越来越不像土地的那个乖孩子了，菠菜的味道也变了，不好吃，不香了。

现在，越来越难得看见安静的菜、本分的菜、朴素的菜，想看见小一点、笨一点、丑一点的菜更难了。技术和商业篡改了大自然的初衷，篡改了土地的朴素美学，篡改了万物的本色，连一种寻常的菜都不放过。

我怀念小时候见过的那种菠菜：朴素、安静、小、乖、本分，还有点笨。那时候，我还不太懂得你那个样子的好和可爱，现在，我见不到你那个样子了，我才真正知道：

朴素、安静、小、乖、本分，还有点笨，那样子是多么可爱啊。

（原载于《西安晚报》副刊）

豆　芽

豆芽是菜吗？豆芽当然是一种菜。

在所有蔬菜里，豆芽，是唯一没见过土地的。

豆芽在封闭的水缸里、水池里，度过了短促的一生，它没有见过大自然，没有见过土地，没有见过露水和雪花，没有见过别的植物兄弟和蔬菜姐妹，没有见过星光月色和鸟影虫影，一眼都没见过。

在植物界，豆芽没有兄弟姐妹，没有朋友。豆芽是孤独的。

土地很可能根本就不知道世上有一种叫豆芽的菜。

植物们很可能根本不知道世上有一种叫作豆芽的植物。

豆芽没有乡土，豆芽没有故园，豆芽没有乡愁。

豆芽，一种无根的植物，一种没有思念也不会思念的寂寞的植物。

豆芽，还没有学会思念就了此一生的植物。

营养学家说：豆芽的营养很丰富，富含蛋白质和维生素。

一种没有得到土地和大自然任何疼爱的孤独植物，却将自己的生命全部提炼成营养，供养着我们。

而我们却不能对它有任何抚慰和回报，我们唯一能做的，就是吃掉它。

豆芽的前生——豆子，是从土地里长出来的，这也许让豆芽感到一点慰藉。

若这样追溯，豆芽也是有故土，有乡愁的。

只是，豆芽已想不起来了，它还来不及想什么，它短促的一生，就结束了。

（原载于《汉中日报》副刊《汉水》）

冬 瓜

冬瓜是贪睡的瓜，很傻很傻的瓜。

一生下来就躺在母藤旁边，睡啊睡啊，连身也没有翻一次，就那么侧着身子傻睡。

它是不害怕丢了自己的。它知道母亲的手紧紧搂着自己。母亲不会丢弃了孩子跑到别处去寻欢作乐的，除了爱土地、爱阳光、爱自己的孩子，植物没有别的杂念。

所以冬瓜就放心地傻睡，连个梦都没做——可能也是有梦的，它梦见自己长大了，长胖了。

是的是的，它梦见的，就是我们看见的，它确实长大了长胖了。

多可爱啊，这胖胖的傻傻的瓜。

南瓜、地瓜、黄瓜、西瓜、金瓜、丝瓜……与冬瓜一样，都是很傻很傻的瓜。

要是它们不傻，要是它们都长出像奸商和贪官那样奸诈、贪婪的脑袋，算计着土地，榨取着人民，或者干脆长成会自动爆炸的炸弹，那多么可怕啊。

多亏有这些忠厚老实的“傻瓜”，土地才让人放心和留恋，生活才不缺少营养。

我父亲种了一辈子庄稼，务了一辈子瓜。

我忠厚老实的父亲，就像这忠厚的庄稼和老实的瓜。

我又看见了枕头似的冬瓜，我真想枕着它，静静地睡在月光里，像它那样，傻傻地睡一觉，把自己睡成一个木讷、忠厚、满肚子都是感情的傻瓜……

（原载于《皖北晨刊》）

苦　瓜

土地是受了太多的苦的。土地心里藏着太多的苦涩。

这是苦瓜告诉我的。

苦瓜是孝子，它一生下来就知道土地的苦楚。风欺霜压，冰冻雹砸，人踩马踏，枪击剑戳，火烧刀砍，血漫盐浸……世世代代饱受伤害的土地，永远匍匐在命运脚下的土地，它的心里埋着多少苦啊。

苦瓜心疼土地，它想把土地心里的苦转移到自己身上。

它想，它身上多一点苦，土地心里就少一点苦。

渐渐地，它身上充满了苦汁，它身上全是苦汁。

苦瓜，苦瓜，土地的苦孩子。

但是，世上没有白受的苦。苦是良药，苦是大哲，苦有大用。

没听说山珍海味能治病，也没听说糖能治病，但是苦能治病。

苦瓜既是好菜，也是好药。

特别是在欲火蒸腾、百毒攻心的夏天，多吃苦瓜是必要的。

它清火、解毒、和胃、护肝、养心。

接受了它苦口婆心的开导，我们毒火焚烧的心，渐渐清淡，归于平和。

这时候，我们捧起一根苦瓜，或与苦瓜安静地坐在瓜地上，我们会发现，这博大厚实、受苦受难的土地是何等的忍让和慈悲——

她受了无尽的苦，又把心里的苦转化成苦药和苦瓜，来救世上的苦。

她让她亲生的孩子来到我们中间。

苦瓜，苦瓜，亲爱的菩萨。

（原载于《拂晓报》副刊）

韭　菜

“夜雨剪春韭，新炊间黄粱”，一千多年前，杜甫把几行韭菜放进诗里，一直保鲜到今天。此刻我打开唐诗，我的眼睛立即被那场雨水打湿。

韭菜是很精细的一种菜，一根是一根的，很整齐地长在地里，像一首首对仗工稳、韵律匀称的五律。我的父亲一生务农，几乎不识字，但当他蹲在菜地里侍弄一畦韭菜的时候，我就觉得，父亲也在品读一首祖传的好诗。

的确，经过工业和商业的大面积修改，大地已经变得面目全非了。假如杜甫再次来到世上，面对这个已被技术彻底修改、被钢筋水泥覆盖、被电子重新组装的后工业世界，他将因“江山不可复识”而目瞪口呆不辨东西。但当他看见那些熟悉的植物，看见地里的一畦畦韭菜，他会忽然觉得亲切，他会说：就是它，就是它，还是多年前雨夜里那个样子，还是那么嫩，那么绿，还是那么清新有味，就像我正在构思的一首五律。

人们常常被现代技术制造的庞然大物弄得晕头转向，以为世界将从此被技术统治，地球将失去一切原生态，人类将日益成为人工囚笼里的可怜囚徒。我也心怀此忧。

但是，每当我看见原野上的庄稼和植物，我就十分愉快，内心的焦虑也有所释然，心情变得宽阔温柔：这些庄稼和植物，它们从远古一路走来，怀里揣着久远的种子，手里握着祖传的手相，身上披着常绿的披挂——它们，这无言的草木，才是大地的真正主人，是山野的永恒主色，是它们在保护着、湿润着我们日益干枯、乏味的内心和目光。

谁说不是呢？就在此刻，沿着这一畦韭菜，我缓步走进唐朝的意境，走进杜甫深情的诗里，走进年深月久的古老时光。

一万年后，也许所有的城市，所有的高楼大厦宫殿庙堂，都将夷为平地，人们将把自然完整地交还给自然，大地重新变成牧场和村庄，人们重归于朴素单纯的生活。那时的孩子，早晨起来推开门窗，看见的奇迹不会是别的，他看见的奇迹是一首朴素的诗：篱笆上，淡紫色的喇叭花正在吹奏透明的阳光，早起的燕子开始剪辑春天；篱笆那边，一畦畦韭菜，正在精心构思、反复润色那些注定流传千古的好诗……

（原载于《汉中日报》副刊《汉水》）

蒿 菜

以前好像没听说过蒿菜，也没有吃过蒿菜。

我老家门前有一大片菜园，祖传的，好多代了，人走过了一茬又一茬，蔬菜们长了一茬又一茬，就是没有过蒿菜的身影。

我父亲种地务农，也侍弄了一辈子蔬菜，好像也没见过蒿菜的面。

这些年蒿菜广为种植，人们爱吃，它形秀、色嫩、味鲜，成了一种畅销菜。

乡里人爱吃，城里人爱吃；穷人爱吃，富人爱吃。

曾经在贵族出入的饭店里，我就看见过它，它安静地坐在精美的盘子里。不过在那里它不叫蒿菜，叫“美味仙蒿”。

我想知道蒿菜的来历，它怎么由籍籍无名，猛然就成了名菜，就具有“普世价值”了呢？就成仙了呢？

我翻阅了我书房里有限的几本植物书，没有查出究竟；也请教了几位菜农，他们也说不出来头。

我就在自己的记忆里检索关于蒿菜的蛛丝马迹。

我记起：在小时候，春天，我妈曾带着我们到浅山野坡采野菜，灰灰菜啦，水芹菜啦，地软啦，等等，其中有一种，叫野蒿菜。

野蒿，蒿草的一种，身段高挑，叶呈锯齿形，似乎与艾草是同科，艾草味道浓，有药性，是中药里常用的一种药草；野蒿菜则味道平和鲜香。乡亲们将艾草与蒿草并称为“艾蒿”，也是有来由的。春天山野里，随处可见的这两样植物是长在一起的，有艾草的地方就有蒿草。追着艾草的药香，就能找到野蒿菜的清香。

艾与蒿如此亲密友爱，可能因为有血缘关系，但血缘关系并不必然导致亲密友爱，有血缘关系的也会由于更复杂的现实因素而破裂，甚至结怨成仇，形同陌路。人世是如此，不知植物界怎样？

我想，艾与蒿亲密友爱，最主要的原因，是它们根性相近，它们都有着古老土地赋予的优良善根。只不过，艾吸取的更多是天地间的刚烈、苦涩、辛辣、严肃等等阳性元素，蒿则吸取了天地间的温润、柔和、鲜香、亲切等等阴性元素。艾治病，蒿养人。渐渐地，艾成了药，救人病苦；蒿成了菜，给人营养。它们都把自己的善根发挥到极致。

这下我似乎明白了，蒿菜，就是我当年采过的野蒿菜。只不过经过植物学家和蔬菜专家的改良培育，它渐渐由野生变成家养，由野蒿菜变成蒿菜了。

被称为“美味仙蒿”的蒿菜，看来已经成仙了。

其实它就是一种普通的菜，它来自山野，身世很平凡。

它是艾草的亲戚和朋友。

它们都守着自己古老的善根，散发着永恒的药香和清香。

即使普天下都把它们叫“仙药”和“仙蒿”，这与它们有什么关系呢？它们只知道自己是大地上的寻常植物，只是守着自己善良的天性，静静地生长……

（原载于《皖北晨刊》）

葱

为什么就那么有味呢?

我只是从它身边路过，就感染上了它鲜润、泼辣的气息，我的身上有了一种田园味儿，日子的味儿。

我只是摸了一下它的叶子，满手就有了鲜香，以至于我和路上相遇的朋友握了一下手，那朋友来电话说，我把他的手握香了，他的手整整香了一天。其实，朋友之意是在夸葱，人的手哪有什么香，人的手基本上都是乏味的，我的手也不例外。

葱身上有一种喜气，葱好像是带着喜气从地里长出来的，从出芽，到长叶，到结籽，葱的一生都是欢喜的。

葱身上也有一种灵气，葱叶碧绿，葱白如玉，葱须如银丝，叶子中空，真正是心有灵犀一点通。不过是土生土长的一种苗苗，怎么竟修行成这般冰肌玉容、香魂芳心？

有喜气，有灵气，葱也就最有福气。谁跟它相处都能沾上福气，所以，几乎所有蔬菜瓜果、苗苗草草都愿意和葱长在一起。白菜地里种几行葱，豇豆架下种几行葱，茄子地边种几行葱，南瓜旁边种几行葱……这些菜啊，瓜啊就会长得更快更好，味道也更香，为什么呢？估计是因为和葱生活在一起，空气里弥漫着清新和鲜美，它们感到呼吸舒畅，心情愉快，发育生长得自然就好，葱的香气也激活了它们自身的香气。

人也是这样的，你交一个人品好、学养好的朋友，你的人品、学养也会变好；近朱者赤，近墨者黑，近雪者其性洁，近荷者其心香。与君子交，如行走在皎月朗照的静夜，你的心魂宽阔、温柔、崇高而静谧。

植物比我们人类更懂得物以类聚的道理，植物懂得君子之道和养身之法。所以植物总是那么葱茏鲜活。因为植物从来不离开厚德载物的土地。植物以天地为师，植物是天地的好学生，是土地的好学生。葱是“三好学生”：身材好，品行好，味道好。

即使到了最后，在下锅的时候，蔬菜们还是喜欢和葱在一起度过最后的时光。与葱在一起，任何菜都能做出好味道。就是一锅青菜豆腐汤，放一点葱花，也成了美味的汤。

总之，菜沾了葱的福气，菜更香了。人沾了葱的福气，人更有福了。

我最爱做的家务活就是剥葱、洗葱，葱洗白净了，手也洗白净了，心也洗白净了，手上和心上，都沾上了葱的喜气、香气和福气。

（原载于《拂晓报》副刊）

石头菜

小时候，妈妈让我认识了石头菜，它胖胖的，颜色绿中透白，叶子上敷着一层薄霜一样的灰白。它长在坡地上，常常长在石缝里，长在湿润的岩石上。

有几次上山采野菜，看见陡峭的悬崖上有许多石头菜，它们蹲在陡壁上看着我们，好像在说：敢来这里吗？

我们当然不敢去那里，只能仰头呆呆地看好长时间，心里有几分失望，也有几分佩服：小小石头菜，怎么就敢到那么陡的地方去呢？

细看石头菜的四周，在比它更陡更高的地方，还有许多野菊花、蒲公英、艾草、野蒿、青藤、刺梨、小松树……在倾斜的陡崖，它们却都能站直身子，从容地各干各的事情，扯藤的扯藤，长叶的长叶，开花的开花，结籽的结籽。恰好有风吹来，蒲公英就空降给我们初夏的礼物；尤其惹眼的是那几株野百合花，在黝黑的悬崖上，它白得像忘记融化的雪，像一簇静止的温柔的闪电。那洁白的身影，洁白的笑，几十年了，至今还在我的记忆里摇曳。

其实，在我的半生里，我并没有吃过多少石头菜，因为平地很少见到它，只是偶尔在坡地背阴的石坎上采到过。石头菜没有给我的身体提供多少营养，石头菜给我的，主要是关于生命和美感的记忆——

在悬崖峭壁之上，生活着石头菜以及它的众多草根兄弟和植物姐妹们，它们厮守着那些陡峭崖壁和背阴荒坡，自得其乐着，自忍其苦着，自生自灭着，凭着石头缝里渗出的水分和稀薄的养分，养活和安顿着自己清苦的一生。无意中，它们使那些荒僻崖壁有了一种近乎苍凉的美感，苍凉里又不乏细腻的柔情。这使得我们饥渴的眼睛，或因慌乱和空虚而无处安放的眼睛，有了值得久久仰望的地方。虽然，我们仰望的，只是一些清贫的草木。

就这样，一些似乎与我们无关的存在，却与我们的记忆，甚至灵魂，有了深深的关系。

石头菜，就是其中一种。

（原载于《重庆晨报》副刊）

北　瓜

在我的家乡，我父亲那一辈人以及他们的前辈，都把这种瓜叫北瓜。成熟后的北瓜，瓜皮橙黄，瓜瓤更是纯粹的金黄，又甜又香，营养也丰富。小时候，秋天的乡村，农家场院里、屋檐下，都能看到大大小小的北瓜。那耀眼的金黄色，为清贫的乡村增添了几分富贵气。记得经常有乡亲从我家门前路过，看见父亲从地里摘回好多个北瓜，就打趣地说，你家今年福气大，抱回这么多金疙瘩。

那时，人们几乎都没有财富的理念，更不会有什么拜金主义，黄金好像已是上古年代的图腾，或者是资本主义的贪婪象征物。对共产主义理想境界的宣传倒是很普及，我就记得，当时的生产队长，识字不多，但说起共产主义却是口若悬河，他号召社员们，要热爱集体，好好干活，今天的每一点努力，哪怕是认真拔一次田里的杂草，认真修一段河堤，认真养好生产队的一头耕牛，都会使共产主义提前实现几分钟，哪怕提前几秒钟，也不简单，多少人的几秒钟，加在一起，就是多少年啊。队长还说，现在穷是穷一些，但未来是光明的，未来富裕得就像马克思说的，财富充分涌流了，那时候人类要用黄金修建厕所，就真正实现了各尽所能按需分配。这位队长是真心相信共产主义的，人也忠厚勤劳，脏活累活带头干，从不多占一点集体的便宜。我很尊敬他这样的朴素理想主义者，虽然他们文化不多，又生活在他们根本无法超越的清贫现实里，但他们对信仰的那份真心，对自己所从事的哪怕是很卑微的工作的那份认真，至今想来都令我心生感慨。前年春天回老家，我还在水渠边见到他，已七十多岁了，显得苍老，脸色憔悴。去年冬天回家看老母亲，我问起那位老队长，母亲说，他得病去世了。

现在回想，那时，在贫困的乡村，在集体化的生活环境里，人们财富意识很弱，更谈不上对财富的狂热，他们把理想的生存境界寄托在遥远的未来，并恍惚地相信当下的付出与将要到达的那个远方的境界有着因果联系，由此，对自己的劳苦也就产生了某种意义感，甚至还有一种隐约的悲壮感。

但是，这并不意味着人们已经遗忘了财富，也不意味人们已经不会对财富产生热情。何以见得？他们向往的那个共产主义理想不就是财富充分涌流着的社会吗？从人们对北瓜的喜爱也可见出一斑，“你家今年福气大，抱回这么多金疙瘩”，我记得的这句顺口溜，表达着对北瓜的赞美，也可以理解成朴素的人们献给金钱和财富的朴素赞美诗。

孩子们吃着北瓜叫着北瓜长大，大人们吃着北瓜叫着北瓜变老。人们一年年抱回金疙瘩，一年年过着清贫的日子。但是，令许多人都没想到的是，后来，一个狂热追逐财富、狂热拜金的时代，到来了。

但是，更令我没想到的是，被我家乡的父老乡亲们，祖祖辈辈叫作北瓜的这种瓜，其实是一直叫错名字了，而且错的很严重，名字被彻底叫反了，其实它真正的名字叫：南瓜。

在我长大离开家乡以后，无论走到哪里，发现人们都把这种金黄色的瓜叫南瓜。

这是为什么呢？至今也不明白。是否，因为我家在秦岭以南、汉水之阳，就把相对的另一方视为北地，与北地有关的风物一律以北冠名？

但是，无论在南方还是北方，人们都把这种瓜叫南瓜，从没听见叫北瓜的。

在我的故乡，从我这辈人开始，把这叫了多少辈子北瓜的瓜改口叫成南瓜了，后面的人，再也不知道它曾经是北瓜了。

家乡的父老乡亲，祖祖辈辈都把这瓜叫错了名字。

吃的是北瓜，叫的却是南瓜。

就这么错了一辈子又一辈子。

真的是他们叫错了吗？或者是后来的错了？

这瓜，到底是南瓜还是北瓜？

（原载于《皖北晨刊》）

大地湾的药草

离我们家不远，沿村庄往西走两里多路，就是一座平缓的山坡，叫大地湾，那里有二十来户人家，有庄稼地，有草坡，有桐子树林和松树林。小时候，我们经常到大地湾找野菜、拾地软、采蘑菇。记忆最深的，是家里谁头疼脑热严重了，妈妈就让我们到大地湾采药草、茅草、灯芯草、柴胡、前胡、麦冬、鱼腥草，等等，我们都采过。

其实，那时，在我们家房前屋后，田间地头，河畔路边，那些药草到处都有，“百草都是药”，这是我最早熟悉的乡间学问。我们也时不时随手在周围采些药草，熬汤喝，有病治病，无病防病，有时就当汤喝，我妈说，百草有药性，能治病，也有营养，能养生。但是，遇到谁病重了，我妈就一定让我们到大地湾去采药草，说，那里的药草药味浓，灵验。

后来我才知道，大地湾的一处坡地上，埋着我的一个姨婆，是我外婆的姊妹，我妈的姨姨。我外婆去世早，外婆一走，我妈就再没有能呵护她的亲人了。那位姨婆心肠好，怜惜我妈，经常颠着小脚，杵一根拐棍来看我妈，我妈遇到愁苦事，姨婆总是耐心劝慰，心疼的话，宽慰的话，暖心的话，每一次都说了不下满满几针线篮。说到动情处，姨婆满眼都是泪水，我妈就给她擦，我妈又劝我姨婆要想开，心放宽。这样你劝我，我劝你，你劝我宽心，我劝你心宽，最后就都心宽了，艰难的日子又能过下去了。

我姨婆好像还会一点巫术，会发神念咒驱邪，那时正在闹“文革”，若发现谁做鬼神之事，那是不得了的事，就要当作封资修、坏分子抓起来进行批斗。姨婆发神驱邪，都是关着门在院子里悄悄做的，我曾爬在门外透过门缝往里面看，姨婆闭着眼睛一会儿说，一会儿唱，渐渐好像神来了，姨婆晃晃悠悠站起来，绕着桌子一圈一圈走，姨婆满头都是汗，我在外面看得心直跳，怕再这样下去姨婆会回不过神来，被神带走咋办。但是，姨婆忽然睁开眼睛，停止说唱，慢慢坐下来，清醒过来，对我妈和当时也在场的我姑姑说，好了，神把邪气都带走了，把不吉利都带走了，神说了，没事的，日子会好起来的，都宽心过日子吧。

现在回想，我姨婆其实是我妈（也许还有别的亲友）的精神医师、生命护理师，做着心理治疗、情感抚慰、精神引领的工作。姨婆笃信天地之间有神灵，她真诚地同情亲人，同情世间悲苦，她想担当和免除这些苦难，她的这份真诚的情怀，真诚到无以复加的地步，以至于满溢和压迫着身心，她一个小小妇人身心，难以负荷这份至深至诚的情怀了，遂将这满溢的真诚情怀，转移和投射到她笃信的天地神灵那里，天地神灵好像都被她的情怀感染和感动了，就与她一起分担她想负担而无法负担的那份情感和心愿。姨婆在给我妈和亲人们发神念咒驱邪，她所笃信的天地神灵也和她一起努力着，化苦厄而得平安，驱邪魔而降吉祥。

能指责我姨婆和我妈这样的人们迷信吗？如今我不仅丝毫不指责，而且我感激并敬佩她们对生命和天地万物抱持的那份古老的情感，那份虔诚到近于迷信的带着远古巫术色彩和神性感通的生命仪式。当所谓的政治运动和充满暴力的文化，根本不能帮助脆弱卑微的生命找到安身立命的依据，不能给穷苦迷茫的人们以任何情感抚慰和心理救援，难道她们只有于寂寞和穷苦中苦熬苦煎和自生自灭吗？于今看来，我姨婆，她就是那时通灵的女巫、女神，就是沟通人与天地精神的秘密使者，她用一套特殊的方法和仪式，召唤神灵和命运到场，把人所难以负担的苦厄转移到天地神灵那里，通过加重神的职责，从而减轻了人的苦痛。我姨婆，其实就是那时我妈和亲友们的心理医师，生命和精神的护理师。

我那位姨婆去世后，就埋在大地湾一处向阳的坡地上。我妈每年除夕和清明都要在她的坟前烧纸，静静地坐好长时间。我妈心里也许一直相信，姨婆的心魂通着天地神灵，即使她不在了，她的魂灵还在，她的魂灵还在护着世上的好人和受苦人。她躺下的地方，那草木土地都带着她的灵性，我们身体里的那点病病歪歪，被沾着姨婆灵性的药草们一点化，也很快就散了。

（原载于《无锡日报》副刊）

水芹菜

水芹菜多生于水边及低洼、潮湿之地，又名水英、牛草、刀芹、蜀芹、野芹菜等。我的老家在秦岭之南、汉水之阳，土地肥沃，气候湿润，四季分明，南草北木都能在此生长，我自小就认识并经常吃芹菜，也自然地认识了芹菜的乡野亲戚——水芹菜。

水芹菜虽为野生，味道却似乎没多少野味，身材偏矮，长相谦和秀气，比起正尊的家芹菜，它显得清淡、低调而节制，反倒不像野生的，有点中规中矩的意思。家芹菜呢，块头高大狂野，味道浓郁泼辣，虽经多少年驯养，却反而增加了许多无中生有的野性。

假如把水芹菜与家芹菜放一起，你会感到家芹菜更野一些，而水芹菜更家一些，像温柔内敛的谦谦君子。

其实，在农药的严厉监管和化肥望子成龙急功近利的励志教育下，家芹菜那点所谓的野性，只是表象而已，它的刺鼻味儿并非野味儿，而是夹杂着农药的残留，它的基因里也许已有了农药的不良因子，它的刺鼻味儿，已不是植物单纯的气息，而是工业和化学传染给它的霸道的毛病；它那高大张狂的块头，也全然失去了作为一种蔬菜的本色，而具备了灌木的特性，这也许是化肥对它反复进行催化教育的结果，你想，化肥不厌其烦地跟踪着它，时时催它快成功、快成才、快出人头地、快发财致富，它有什么法子，那就加速往上冲呗。是啊，化肥的市侩教育是立竿见影的，高大魁梧的芹菜，眼看快成木材了。

它的乡野远亲——水芹菜，闲云野鹤般地生活在水边，没有农药的严厉监护，没有化肥的揠苗助长，没有接受过工业们和化学们的励志教育和速成催化。它就那样在野天野地野风野水里，散淡地发芽，散淡地长叶，散淡地结籽。它无意成为别的什么了不得的瑶草仙芝、奇花嘉木，它就做它的凡草，做它的水芹菜。

但这并不是说水芹菜就是没有接受过教育的僻陋野夫，当然不是的。在水边泽畔，水芹菜，一直受着水的良好教养——这万物的导师，教导它居高岸而不傲，处卑地而不贱，随波而不弃根性，逐流而不改本心。它对此则耳濡目染，心领神会，养成并保持了清淡、随和、质朴的性情。

水芹菜，既是一种很好吃的野菜，也具一定的药性，有安神、静心、明目的功用。我在烦躁、心里莫名火起的时候，有时就在野地里采点水芹菜，做汤，或凉拌，吃了，果然身心都平和清静一些了。你不妨试试。

（原载于《江南晚报》副刊）

鱼腥草

在《本草纲目》《中国药典》等典籍里，都有你的名字。打开书页，就有一种鲜香的气息，扑鼻而来。

你是好菜，也是好药，能清热解毒，去痛化痈，治五淋，消水肿，去食积，补虚弱，等等。

你的到来，使我们食有美味，病有克星，既能治病，又能养人，老天爷怎么就生下这么好的草呢。

在毒火上升的春夏时节，有你在，我们的身体和内心，就多一份健康和清凉。即使叫一声你的名字，也能感到一股美味和药味。我甚至觉得，“鱼腥草”三个字，写在纸上，放在鼻子边，是可以闻到味道的。

在众多野菜里，你的气质显得特殊，有点另类。生在地上，却与水中的鱼有着隐约的关系。我想你这点异秉，一定其来有自。也许在多少亿年前，你本是一种水草，是鱼儿停歇的驿站，也是它们贪馋的美味。后来，你厌倦了水中漂浮无根的生活，厌倦了鱼儿那总是相忘于江湖的漠然，羡慕岸草们那摇曳生姿的身影；再后来，时空裂变，沧海桑田，无常再造了诸物的命运，大地重新登记草木的户籍。你终于一跃出水，悄然登陆。

从此，你再没下过水，也再没见过鱼。但是，你记得你远祖的身世，曾经，达千万年之久，你一直生活在水中，生活在鱼中，那鱼贯而来、鱼贯而去的鱼，都与你互相交换过水中的倒影，互相交换过身体。

这就是你为什么身为草，却有着鱼的气息。我想起民间有言：一夜夫妻百日恩。你与水，你与鱼，何止百世、千世？你其实是鱼变的草，草样的鱼，你在血脉里生生世世纪念着你那曾经沧海的往事。

这也就是为什么你总爱生长在水边或湿润之地。在田埂沟坎渠边，你安静地坐在地上，却又时时抬手扬袖，俯身低眉，显然你在找寻什么。噫，这里真好，就坐在这里，你低头就能看见前世的流水，或许还看见了前世的鱼。

你这鱼变的草，草样的鱼，你这水做的女儿啊。

多少年，多少年，人们享用你的药性以治病，享用你的美味以养身，似乎都知道你的好。然而，在我的家乡，在很多地方，世世代代，你却有一个不雅的，甚至很难听、很臭的名字。

人们竟把你叫臭婆娘。

但是，我要说，正如臭笔写臭字、臭心想臭事、臭人说臭话，这么臭的名字，这么臭的诽谤，一定出自很臭的人的口里。

他们一边辱没你，一边又在贪享你。在他们口头上，你是臭的；在他们餐桌上，你却是香的。

鱼腥草，这水做的女儿，你不会自美自赏、自褒自奖，也不会自轻自贱、自暴自弃吧。

这么臭的名字，这么臭的诽谤，出自谁的口呢？那还用说——

肯定是那些忘恩负义、浅薄轻狂的臭男人。

（原载于《汉中日报·都市周刊》）

芥　菜

芥菜是好菜，芥菜籽炼成的芥末油，也是常用的调味品。拌凉菜时，放一点芥末油，味道就辣而鲜。

芥末油，人们偶尔都会吃一点的。

当然，只是偶尔。

因为它很浓烈，很冲，如果用量稍多，就会呛得人口如点火，鼻如喷烟，鼻涕眼泪都滔滔流下来了。

我有好多次，被呛得差点断气。

我估计，芥末油在全世界任何国宴上大概都是不会用的，国王、总统、元首和他的哥们儿，若是吃了，一个个喷嚏连连，鼻涕滔滔，呲牙咧嘴，口眼歪斜，那就出大丑了。当然，也许，如果国宴场面被现场直播，观众们个个笑得人仰马翻，平日的压抑郁闷得以缓解和释放，并因此而延年益寿，那也算是王侯贵族们对百姓做了一桩善事。同时，芥末油让这帮高高在上衣冠楚楚的贵族们打喷嚏、流鼻涕、露丑态、出洋相，证明他们都是些凡人，没什么不得了的，也是经不起呛的。由此也多多少少破除了人们膜拜权力、追逐等级、崇尚官位的官本位意识和奴隶心态。看吧，这些家伙们也是经不住呛的啦。

这等于芥末油为大家导演了一场滑稽剧。芥末油厉害，导演水平绝对高过了好莱坞大导演。在芥末油的导演下，那些大人物们都乖乖做了小丑的角色，免费为草根们制造幽默和欢乐。大导演们，你们做得到吗？

所以，我对芥末就有点崇拜了。

不知道其貌不扬的芥菜，怎么就在看似平常平静的土地里，搜集到了如此不同凡响的精锐物质？

你能小看那粒芥菜籽吗？你随便把它种在哪块地

里，它都会长出菜来，它都会把藏在土里的非凡气质提炼出来。

反正，我是不敢小看任何一种植物的。

即使你把它盛在了碗里，你把它吃了，也并不是你征服了它，不，你半点也不曾改变它的天性和脾气。相反，倒是它在征服你，主宰你，改变你。它驻扎在了你的身体深处，你成了它的殖民地。

一苗芥菜，能提炼出土地最辛辣的语言。

即使再贫瘠的土地上，它都能吟出令人耳目一新的警句，有时候就是一篇嬉笑怒骂的杂文，有着鲁迅的脾气。

芥菜能做到，我做不到。

我崇拜土地，尊敬土地，我尊敬土地上一切被小看了的草根们和菜根们。

（原载于《西安晚报》副刊）

莴　笋

它们高挑、挺拔、唯美而活泼。

菜地里，长得最精神的，依我看，要数莴笋。

当然，并不是说，别的菜就不精神。

若是稍加观察，就会发现，蔬菜们各有专长、各有禀赋、各有天职，它们对自己到世上来干什么，是心知肚明的，因此就尽力生长着自己，完善着自己，成为最好的自己。

土豆、红薯们谦卑地藏在地上，很低调，对高处没有什么想法，人家是在土里下功夫哩。

豇豆蔓、四季豆藤顺着架子把自己挂起来，懒洋洋的，当然不是满足于多晒点太阳，人家到高处来一趟，是为了对下面有个更好的交代。

茄子、辣椒们，并不追求更高更快更强，它们认为这是个很荒唐的口号，它们懂得适可而止的自然大道。在一个适当的高度，它们再不往上长了，它们停下来，做它们该做的事情，这样，我们就看见它们身上挂满了宝贝。

至于白菜啦，包包菜啦，菠菜啦，一生都安静地蹲在地里，它们没有别的杂念，它们心思很单纯、很专一，这就是：它们要努力把自己长成白菜、包包菜、菠菜。

这就该说到莴笋了。

莴笋已经看到，地里的事、地面的事，都有弟兄姊妹们在做，而且都做得很好。就用不着它插手了。该它做什么呢？它首先想到的是：它能做什么呢？

它环顾菜地，发现，这长叶的、开花的、结果的、挂豆的，都忙碌着各自的实业，顾不得好好打扮自己，顾不得多一点美学追求，顾不得在实务之外多一点务虚活动、诗意游戏和审美体验，菜地里未免有一点沉闷。

莴笋突发奇想，它要做一点别的事情。

于是莴笋就做了时装模特。

鲜活的、挺拔的它们，素衣淡妆，吐气如兰，凝霜为眉，集露为珮，高挑而不高傲，庄重而不铺张，是真正的简单主义者。一经出现，菜地就显得热烈而活跃，有了生动的美感和青春气息。

你到了菜地，若是看见精神抖擞的莴笋，是不是会觉得眼睛一亮？是不是有了看见时装模特儿的感觉？

那么，蔬菜们呢？它们看见莴笋出类拔萃的身影，也一定会眼亮、心跳吧？

（原载于《皖北晨刊》）

地　软

（地软，又名地米菜、地木耳、地踏菜、地耳等）

拒绝去盆景里撒娇。

拒绝去塑料大棚或黄金筑起的安乐窝里醉生梦死。

拒绝装饰权贵的门庭。

拒绝被包养于豪华别墅的后院，并幸福地充当花边。

拒绝跪伏于巧取豪夺者的脚下，为其布置“淡泊”的野趣。

拒绝冒充植物界的大熊猫走红于商业的江湖。

拒绝市场的激素，拒绝文化的化肥，拒绝艺术的色素，拒绝被转基因。

拒绝加入纸醉金迷的盛宴。

拒绝现代，拒绝后现代。

拒绝更强更高更快——

坚持柔，更柔，像我乡间母亲那样温柔。

坚持低，更低，像我父亲一生都出没在泥土和生活的根部、低处。

坚持慢，更慢，像天长地久那么慢，像古诗那么慢，像“随风潜入夜，润物细无声”那么慢，像贾岛吟诗那么慢，缓缓地推敲每一个字，直到把土地的每一个细节都推敲成春天。

如公元前那样——

坚持着古典的水土。

坚持着古典的信仰。

坚持着古典的夜色。

坚持着古典的慢。

为狼奔鼠突、冷漠坚硬的现代荒原，保持了
一点点公元前的湿润和柔软。
在纸醉金迷花天酒地的现代晚宴之外，保持了
一种古老的淡，古老的营养和口感。
直到今天黄昏，仍如公元前那样
安分守己地，坚持在
我老家的那一面面山梁上。

（原载于《汉中日报》副刊《汉水》）

丝瓜藤的美学实验

我喜欢丝瓜。

丝瓜的模样天真，清纯，还有几分憨，吊着藤儿荡秋千是它的文体爱好，一直荡到秋风起时还在荡，它欢喜的样子，让人看着也心生欢喜；丝瓜味儿清爽，心清，才会气爽，心地清净，就有了佛性，佛性是慈悲、空灵、清凉而有香气，以此判断丝瓜有无佛性，不必怀疑，它就是植物界的佛；丝瓜叶子翠绿，至老都绿，很少变色起斑，如此抱朴守素、心性贞洁者，才始终不改变自己的信仰，丝瓜的信仰就是对温润情怀的捍卫和对绿色意境的追求。

世上好植物好蔬菜好瓜果可谓多矣，但是，我对丝瓜印象最好，感情很深，原因可追溯到童年。

五岁那年初夏的一天，我到大姑姑家玩。她家在漾河湾，我在河滩柳林疯跑一阵，看藏在叶子后面喊我的鸟儿长什么样子，看水浪戴着一顶旧草帽漂到河心，心里为不知哪位被风吹落草帽的乡亲惋惜，看那些蹲在河边的奇奇怪怪大石头，谁像马、像牛、像猪，我还骑在一匹石马身上，摇着柳条儿催它快跑快跑。玩累了，回来，大姑姑还在吹火做饭，饭刚蒸上，大姑姑的吹火筒噗噗吹着，灶膛里的柴火可能有点潮湿，火苗一脸不高兴的样子，火苗勉强伸着懒腰，屋顶上炊烟也伸着懒腰，像在模仿大姑姑弯腰吹火的样子，但模仿得不像，它们伸的是懒腰，我的大姑姑是多么勤快。我急着想吃饭，蹲在旁边想帮助大姑姑吹火，大姑姑说，乖娃，别让烟熏着了，坐外面躺椅上，歇着去。

我就在门前丝瓜架下，躺在大姑父自己做的竹躺椅上，透过树缝看着河对面隐隐约约的虎头山，可是怎么也凑不像虎头的样子。索性不看远处的“虎”，看跟前的丝瓜藤，就见丝瓜藤俯下身也在好奇地看我。藤上的叶子和花骨朵儿，在风里轻轻摇动，有几根藤儿离我很近，对我很着迷，想摸我的脸，我一呼吸，藤叶就跟着在脸旁边颤。我看了它们一会儿，头一歪，我就转身到梦里去了，而它们，就站在梦外边定定地看我做梦。

不知睡了几百年，听见大姑姑走过来说：荣儿，饭好了，起来吃饭啦。

我应声，抬头，耳朵却被什么轻轻扯了一下，丝瓜藤儿一阵颤抖，我一摸耳朵，凉凉的酥酥的，有点痒，我对大姑姑说：虫子咬我耳朵了。

大姑姑急忙伏在我耳边查看，准备捉拿虫子，一伸手，取下的却是一节细嫩弯曲的青丝，再一看丝瓜藤儿，那垂在躺椅附近的触须已被扯断了，还在战栗着。

原来，在我熟睡的时候，那正在小心探路的悬在空中的丝瓜藤儿，悄悄接近了我，它抽出细嫩的触须，在我的耳轮上轻轻缠绕起来，准备让我的耳朵成为丝瓜藤的落脚点，成为夏天的一个小站，一个栈道，成为植物梦想的一部分，如果试探成功，确信我的耳朵可靠，就让这些从宋朝甚或从更远的年代一路赶来的丝瓜藤连接起我的身体，在我纯真的耳朵附近开几朵丝瓜花，挂上至少一个或两个翡翠般的丝瓜，如此，则这寸草不生一物不养的荒凉耳朵，将来，就不必以谎言废话为食物，也不必以黄金宝玉做饰物。翡翠般的丝瓜，活生生的、绿汪汪的、清香的，就装饰在这里，且迎风散香。

但是，我太冒失了，从梦里猛然返回的我，用力过猛，扯断了比我的梦境还要精致的丝瓜藤的细嫩螺丝，打断了这个初夏最美好的实验。

丝瓜藤儿的实验失败了，我不知道它颓丧的心情。它难受地战栗着，好不容易从宋朝或更远的年代伸过来的热情诚恳的手，却被拒绝了，被视为错误的自作多情，它懵了，傻了，它发觉它真的错了。它手足无措，很尴尬、不解、失望的样子，藤儿伤心地颤了好一会儿。

童年的天空下，战栗着丝瓜藤的失望和忧伤。

但是，那个农家小院，那个夏天的睡眠，大姑姑家丝瓜藤芬芳的触须，却在我的心里生根了。

是的，我一直在想：我们的身体，包括我们的耳朵、眼睛、鼻子、手臂，以及我们身体的各个部位，全部加在一起，重量只是一百来斤，上苍将这一百来斤东西托付我们临时保管，最终全部收回，寸发不留。其间深意究竟是什么？

细思量，那个夏天大姑姑家小院里丝瓜藤儿的触须，对我似有暗示：

我们，不过是至大如宇宙星空、至小如爱的凝视、如丝瓜藤儿之细嫩触须的连接点、感通点、停靠点和小小驿站，我们存在的价值，仅仅是：连接那等待连接的，感通那等待感通的，传递那等待传递的，让至大如宇宙星空、至小如爱的凝视以及一茎丝瓜藤儿的细细触须，在此降临、停靠并连接、传递，让时间的藤蔓散发出馨香。

那个夏天，丝瓜藤儿的美好实验，失败了，它不得不转向别处，继续它的实验……

（原载于《皖北晨刊》）

葫芦蔓的浪漫之旅

它从我父亲的手温里和脚印里，从父亲顺口说的一句农谚里，启程了。

不需要搜索枯肠，腹稿是早已打好的。按照四月风的暗示，它要把春天的思路一直延伸到夏天和夏天以后。

它边走边想，必须把一些心事放在高一点的地方。

倒不是自己有多么重要。地上有那么多苗苗草草、枝枝叶叶、藤藤蔓蔓，自己呢，小小的自己一点儿也不重要。可是，很重要的人也会有没心事的时候，很不重要的人也会有很重要的心事的时候。是的，自己并不重要，是心事重要。

何况它的心里，装的并不都是自己的事。是春天的事，夏天的事，秋天的事。

说重一点，是千年万载的事。

这样想着，它就沿一排篱笆慢慢走。走着走着，遇到篱笆上玩耍的一串牵牛藤叶，挽留它停下来歇歇，说能否今晚互换杯盏，尝尝对方烹调的甘露。这个当然可以。它停下来，与牵牛藤叶互相握了手，碰了杯，彼此饮了对方斟来的甘露，好味道，谢谢。它没有留宿。继续赶路。走了大约有从陶渊明到孟浩然那么远的路了，它扭身回头一看，牵牛叶儿还在向它招手呢。

它念叨着：一定要把一些心事放在高一点的地方。

篱笆那边，在杜甫与邻翁曾经对饮的地方，一些还没有长高、还没有力气握起扫帚的扫帚秧，亲热地伏在它臂弯，劝它停下，住下来，一起好好玩儿，等秋天来了，一起热热闹闹打扫秋天。呵呵，我还得赶路，若是蜷在这里玩下去，秋天空荡荡，拿着扫帚打扫什么呢？兄弟，你们待这里挺不错，就陪着院子里的蚂蚁啊，地牯牛啊，鸡啊，猫啊，狗啊，小孩子啊，好好玩儿。我前面还有事，得走了。

它念叨着，一定要把一些心事放在高一点的地方。

走着，走着，它快挨着院场里我妈的晾衣绳了，麻绳，灰白色的；棕绳，深棕色的。并排绷了四五根，绷着的全是妈的心事，晾晒的全是思念，晾晒着被子、打补丁的衣服、孩子的尿布。它闻到了人世的味道。真好闻。尿布隐约的气息，它却闻得真切。它深吸了两口。它兴奋了，一用劲，触须挨着绳子了，它赶紧缠绕了几圈，拧紧螺丝，在绳子上绾一个结，站稳，然后，继续走，走，走。它看见绷晾衣绳的那棵槐树附近的墙上，是一扇木格花窗。

它念叨着，一定要把一些心事放在高一点的地方。

走了大约有几千首唐诗那么远的路，那天中午，又出来晾衣服的我妈看到了，菜园里挖葱的我爹看到了，屋檐下燕窝里的燕子夫妻看到了，房前屋后溜达的黑猫看到了，放学回来的我看到了，木格花窗里梳头的妹妹，推开窗一眼就看到了：两个葫芦，一左一右，已经挂好了。刚好，在窗子外面，在梦的附近，与前半夜的那轮白月亮，并排挂在窗口上。

它终于把一些心事放在了高一点的地方。

人们问了几千年：葫芦里装的是什么药？其实，葫芦里没装别的，葫芦里装的还是葫芦。是上一千年的葫芦和下一千年的葫芦。葫芦无心，无心恰恰有心，是初心、诗心、本心、赤子心。千年万载的心事，都装在里面。从远古，从农历的深处，一根藤儿弯弯绕绕地走啊走啊，把线装的历史走了个遍，经过了千年万代父亲们的篱笆、牵牛花、扫帚秧，母亲的晾衣绳，妹妹的窗口，经过了无数民谣、农谚和平平仄仄的诗篇，终于，葫芦怀揣的千年万载的心事，有了着落，它终于把那重要心事挂了上去：与前半夜的那轮白月亮，并排挂在我家窗口。

它终于把一些心事放在了高一点的地方……

（原载于《皖北晨刊》）

榆木书桌

看得出来，它上面还有斑斑点点残漆。数百年前，我的先人曾仔细为它上漆、打蜡。一方柔和的亮光，使这户耕读人家，能随时拂去劳作的倦意，伏案捕捉内心的光线；那幽幽木香，让平淡的日常生活，缭绕着别样的气息。

后来，漆渐渐磨损、脱落，固执的时光之蝉，挣脱蝉衣，鸣叫着向远处飞去，在逐渐黯淡下来的记忆的房间，它笃定地站着，依旧保持着儒雅的姿势。它平淡的容颜，呈现着素朴的木质，也折射着我先人本色的品行。

我的祖父曾伏在它的上面，我的祖父的祖父的祖父都曾伏在它上面，我的先人们一直伏在它的上面，读易读史，诵经诵诗，画春画秋，记人记事，写情写义。当时，画眉在田野点染春泥，燕子在梁上朗诵农谚，线装的孔孟偶尔出现残页，于是在桌上被仔细装订，鸟儿们远远近近地插嘴，也在旁注着古奥的文字。于是那湿润的呢喃，也被装订在书页里了，古意夹着新意，经声和着鸟声，书香叠着稻香，耕读的日子就有了日上三竿的欢喜。

有时，疾病和悲苦随秋雨袭来；有时，离散和夭折，兵戈和马蹄，冷不防打断严谨的农历，桌上摊开的祖传方子，就及时做些加减，不大的桌面，望闻问切着广袤民间的病苦，有的减轻了，有的治愈了，而有些暗疾，则像腐殖土一样沉淀下来，催生了只可意会不可言传的秘方和偏方，那是特有的民间异禀和草根智慧。谁能从桌上细密的纹理，取出几百年前疾病的叹息和药草的气息？

此时，我在桌面靠右的一角，看见了一个小小的虫孔，那是一只什么虫儿打凿的工程？蚂蚁？木蜂？钻木虫？装死虫？很可能是装死虫吧？我愿意它就是一只装死虫。那时，榆树还生长在明朝的原野，几个贪玩的孩子轮番爬上榆树，其中有一个就是我的祖先，他爬上来了，他坐在枝杈高处，眺望村庄的春天，眺望远山的青黛，顺便打量炊烟的去向和人生的去向。就在这时，离他不远的一只虫儿也坐在树的肩膀眺望和打量，眺望葱茏的宇宙，打量榆树的味道。虫儿发现了他，一阵战栗抽搐之后，它立即假装死过去了。就这样，虫儿躲开了一个顽童，也躲开了可能的伤害，我们可以理解是虫儿礼让了他，礼让高大的"神灵"占据更多的树木和更多的宇宙。但他没有看见这谦卑礼貌的虫儿，他只看见树身上一条静止的暗黑色疤痕。虫儿的机智死亡，使数百年前的那个下午变得异常安静和仁慈，附近庙里的钟声连着响了六下，报告慈航普度，众生平安。

而当我的祖先和他的小伙伴们呼喊着溜下榆树，装死的虫儿立即复活了，它继续它的神圣工程，它连续七天七夜凿啊钻啊，它吃住都在这庄严的工地，它一定要为自己短暂辛苦的一生，打凿一条连接永恒的通道，它一定要用隐秘的艺术手法，记载自己的梦境和心迹。

它以天真的智慧和精细的工艺，终于开凿了一个曲曲折折的时空隧道，把数百年前它的那次冒险经历，把它与孩子们相遇的故事，把原野的阳光、鸟声、草木香气和附近庙里的经声与钟声，庄稼地里男人们对唱秧歌的粗狂声音，铁匠铺里叮叮当当锻打农具的声音，老牛寻找牛崽的哞哞声，鸡鸣狗叫的声音，集市传来的叫卖的声音，村口母亲们高一声低一声喊孩子回家吃饭的声音，以及缭绕在树上的我的祖先衣服和身体的气息，他们用力爬树划在树上的手指印痕，他们坐在树杈上哇啦啦对着远方呼叫的声音——细心的虫儿把这一切都收藏在它开凿的时空隧道里——

此时此刻，我悚然一惊，我终于知道，我伏在这古老书桌上，我其实一直守在这个洞口，一直在眺望深不可测的时光……

（原载于《人民日报》副刊《大地》）

车前草

“停下来，别走那么快。”她羞怯地伸出小手，拦在接踵而来的车轮前，轻声劝说着。

她纯真的手势，固执地比画着，而鲁莽的车轮，被更鲁莽的历史驱赶着，它顾不得留意路上的细节，它不在乎也不理解，那手势比画着怎样的深情，怎样的苦情。

它们呼啦啦碾过去了。冰凉的车轮磕腾了一下，又磕腾了一下，它们在连续的磕腾声中头也不回地驶远了。

时光冷漠的轮子，碾碎了多少温柔的心。

她受伤的小手，流着碧绿的血液，夕阳久久地在天边低垂，久久不肯落下去，历史的原野上，闪烁着苍凉的暮色。

漠然的车轮，一次次被染上淡紫的血色，春天的血液，一直流到夏天和秋天。

直到深冬，大地僵冻，老练的物种们纷纷归隐或沉沉冬眠，知趣的花草们也随北风遁去，而在生活和历史必经的路上，车前草，依然身着夏天的衣衫，缄默地守在路边道旁，等待着路过的各种车轮，要对它们说点什么。

天真的小手，仍然像春天和夏天那样举着，打着固执的手势。

她们举起的手，有时就密集地攥在一起，纠结着挡在车轮前。

“停下来，别走那么快。”她一遍遍重复着这句箴言，尽管所有年代的流行词典都拒绝收入这句箴言。

她一遍遍重复的话语，和固执得近于纠缠的温柔羁绊，终于使一些车轮，犹豫着思忖着，不得不慢了下来。

战车慢了下来，死亡和不幸慢了下来，箭矢和刀斧的锋芒，因了那泪水的浸染，而显得稍稍迟疑和暗淡；拦截战争和阻止死亡的，竟是如此柔弱的一群。这堪称英勇的羁绊，使历史打了一个个趔趄被迫减速，于是战车慢了下来，甚至停了下来，死神的一部分日程被取消，线装的史书里，终于出现了安宁的段落和平静的炊烟。

刑车慢了下来，暴戾慢了下来，历史暗夜里的雷霆慢了下来，死亡慢了下来。嵇康终于还有那么一小段时间，得以复习一遍心爱的《广陵散》，让金石之声在失传之前，再发一次金石之声。金圣叹也还来得及，在落日未落之前的一小会儿，在心爱的唐诗里，再站立一小会儿，让杜甫的落日，再照耀他一小会儿。

婚车慢了下来，生活慢了下来，青春走失的速度慢了下来。那么多母亲和祖母的手，簇拥在路上，簇拥在时光的车轮前，新婚的步履总是踟蹰不前，女儿们伤感的眼泪，打湿了故园的芳草，当她们一步三回头，看见村头的小河，也一步三回头，绕来绕去走不出祖母的臂弯。拦不住，一代代青春终于都远嫁异乡，而一步三回头，却成了一代代女子们远行的仪式和走路的习惯。

官车慢了下来，杜牧慢了下来，刘禹锡慢了下来，柳宗元慢了下来，苏东坡慢了下来，辛弃疾慢了下来，他们索性从公文里一步跳下来，离开官道，背过王朝，转过身，沿着露水盈盈的手势，朝鸡鸣狗叫的村庄和田野走去。走在草香和药香弥漫的阡陌，他们发现了广袤的民间，那是多么沉寂又是多么深沉、多么热闹的民间。于是，更多的诗、更多的风情被发现了，古国的诗卷里，终于有了一抹来自草野的葱翠和清香。

“停下来，别走那么快。”她伸出嫩绿的小手，打着固执的手势，劝说着所有年代的车轮，她要挽留时光那一闪而过的鲁莽背影。

……

今天下午，我骑着老式自行车，绕开高速公路和高速铁路的纠缠，逃出钢铁的围困和噪音的轰击，我背对时代，与现代发生了激烈的争吵和摩擦，然后，我好不容易摆脱了手机的跟踪和电子的追捕，终于，在时代的远郊，我失踪于深山更深处的幽谷里。

我看见她了，一丛丛、一簇簇，安静地守在石头旁，守在野径上，守在林子里，守在还没有被植物学归类的野草旁，守在还没有被营销学算计的山泉边，守在还没有被成功学绑架的白云边，守在还没有被厚黑学觊觎的清风里。她还守在纯真的古代。

她嫩绿、羞涩的小手，还保持着公元前的手势，她的手里，还小心捧着《诗经》里的露水。

“停下来，别走那么快。”我听见她，一字一句对我说着，我的自行车也听见了，那粘满了泥土的车轮，斜斜地靠在一棵野枣树上，它谦恭地倾听着鸟儿的古语和草木的叮咛，它想就停在这里不走了；被我汗湿的手攥得疲惫的车把手，终于放松了下来，轻轻地触摸着那草叶，辨认那葱绿的手语。我太熟悉这一对车把手的心思了，它一定很想融解在这山色鸟声里，变成一块安静的远古矿石。

我停下来，我坐在厚厚青苔上，抬起头来，我从《诗经》的第一缕草色开始读起，一直读到幽谷的深处和时光的远处，一直读到越来越深蓝的无边苍穹，啊，此刻，流逝的时光全部返回，并迅速返青，于是，凋零的诗复活了，我极目望过去，望过去，我看见，满目都是诗，都是青青的思念……

（原载于《人民日报》副刊《大地》）

白菜的菩萨心

冬天，我从霜冻的菜地里，抱回一棵白菜。

揭开一片叶子，再揭开一片叶子，一片一片揭开许多片叶子。

打开一扇城门，再打开一扇城门，一扇一扇打开许多扇城门。

我不得不佩服植物的耐心和严谨，佩服白菜的高超建筑艺术，你看这一层一层砖石、一道一道城墙，布置得多么合理，修筑得多么精致。

严密的城防，拱卫着城市的精华部分——我正在接近城的中心。在那里，到底藏着什么贵重秘密呢？

谁都知道白菜心是好地方，我就要看见白菜的心了。

当打开最后一扇城门，果然，我有了惊异的发现。

我看见，在城中心，在那精巧宫殿里，只住着一个居民。

住着一条毛毛虫。

它小小的，胖胖的，憨憨的，它躺在温暖柔软的床上，正在睡觉，它睡得很香，贴近它，静静听，能听见它均匀的、细微的鼾声。

我竟然为自己的鲁莽闯入感到后悔和内疚了。

是我毁掉这城防，拆了这城门，闯进城中心，我是一个恶劣的闯入者、拆迁者。

睡梦里的毛毛虫被惊醒了，它翻过身，抬起头，惊慌地想出走，然而又无处可去。

它还能到哪里去呢？

它哭了，我看见了它的眼泪。

它的天堂坍塌了，梦醒了。

面对散落的菜叶，面对被我捣毁的城池，面对天堂的废墟，面对这凄凉无助的毛毛虫，我惭愧、内疚，我深深自责。

为了保护这毛毛虫，保护这小小生灵，白菜，你这慈悲的菩萨，在冰天雪地里，搜集着露水、地热、残阳和月光，精心修筑了城市，修建了一道道城墙，关闭了一扇扇城门，又在城中心建造了秘密宫殿，收留那天真无助的小生灵，在你温暖的呵护里，能度过严冬。

筑起那么多城墙，关严那么多城门，熬过那么多风霜，善良的白菜啊，只为了保护一条弱小的毛毛虫。

面对着天堂的废墟，我，一个粗暴的闯入者，久久自责着，久久不能原谅自己。

在慈悲的白菜面前，我终于知道，我们这些闯入者、拆迁者，是多么粗暴，多么冷酷，多么不厚道，是多么不该啊……

（原载于《汉中日报》副刊《汉水》）

蕨草一直在我家门前目送恐龙

六千万年前的一个黄昏，恐龙集体失踪。

地球浑然不觉，海水依旧傻乎乎地蓝，蓝着五亿年前的蓝；群山依旧肃立，保持着白垩纪的身姿和风骨。

上苍连眼睛都没眨一下，没事儿，雨刚下过，斜阳出来了，赶紧织个彩虹玩玩，不然，这么蓝盈盈的天，空荡荡的，不配个彩色插图装饰一下，没意思，不好玩。这样想着，呼啦啦，彩虹就弄好了，拱桥样式的，从豪华通向豪华，从梦通向梦。但是，谢绝通行，是上苍自娱自乐，仅供神灵通行，供自己欣赏的。

大河小河依旧流着，自言自语着，静下来时，就与影子们面对面捉迷藏，影子们互相辨认着，打捞着。偶尔，影子们愣怔一下，好像少了一种大影子，愣怔一下，也就算了，反正河里有的是影子。

只有蕨草知道出事了。往日，往年，往世纪，蕨草一直是某类精英、某种著名成功人士——后来被命名为恐龙的特供食物。

蕨草养活了这庞然大物，也目睹了这庞然大物是如何遭了灭顶之灾，彻底完蛋的。

你可以想象这样的场景：两亿多年前，蕨类和其他众多植物，把地球打扮得葱茏如茵，如碧毯、如绿海、如太平洋、如无边足球场，恐龙、飞龙、鱼龙、始祖鸟和它们的众兄弟，粉墨登场，奔跑着、追逐着、吼叫着、欢呼着，踢着太阳、月亮和星星，踢着满地滚动的石头和满天滚动的星球。原始的大地上，生命，上演着粗犷的合唱。

忽然，灾难自天而降，山崩地裂，生灵哭泣，沧海凝固成山岳，高陵下陷为深谷，彩虹骤变成遮天的白幡，英雄们还没来得及转身，就已纷纷倒下，连背影也没留下。

在被恶梦洗劫的悲惨大地上，白骨累累，磷火闪闪，天神偶尔俯身往下看一眼，悲悯的眼睛再也不忍看下去了，那颗旋转的星球已经变成一个大坟包。

天神也有看走眼的时候，他过于高傲的眼睛只看见了大事件，没有看见那潜伏在大事件后面的小细节。

天神没有看见，在那大坟包上，在无边废墟上，有一种总是匍匐着的、柔弱、谦卑的植物，却奇迹般活了过来。

在石缝里、在背阴的山坡上，在毫不显眼的阴湿卑微之地，蕨，这平凡的草民草根，被地母拯救了。

它喂养的那些庞然大物，那些恐龙、飞龙、鱼龙，是精英豪杰，是当时地球上最成功的人士，是最有权有势有产的高端阶级，是掌控地球资源的大款、大腕、大佬、大亨，但是，它们都不知所终、灰飞烟灭了。

在被它喂养的那些精英、成功人士，那些巨无霸——在那些恐龙们的眼里，它绝对是任由践踏和吞食的失败者、卑微者、弱小者，但是现在，那些高端阶层彻底沦落埋葬于深黑的地层，貌似强大的成功者彻底失败而且消失了，曾经卑微弱小、被践踏的失败者却成功地活了下来。

被英雄们反复践踏、蹂躏、蚕食和伤害的植物们，覆盖了英雄们的尸骸和坟墓。

它们一如既往地担当起复活大地绿化荒原的天职。

它们仍然像最初那样，柔弱而谦卑地，匍匐于地母胸前，扎根于群山之间，在阴湿卑微之地，默默续写大地的葱茏史诗。

就这样，从两亿多年前，它们一路走啊，走啊，目睹了无数次地质变迁和物种们轮番上演的喜剧和悲剧，它们锯齿形的书签，一直夹在地质史和生命史最为晦涩费解的段落，向懵懂的时间反复提示着悲怆的涵义，有一点虚无，有一点苍凉，也不乏怜悯、揶揄和自嘲。是的，是自嘲，它的锯齿形的脸谱，就是自己在给自己暗示：就这么拉锯吧，拉来拉去，锯来锯去，直到把时间锯成粉末，从时间的粉末和腐殖土里，又生出时间和别的什么。于是，就这么锯来锯去，锯来锯去。

从两亿多年前，它们一直锯啊锯啊，走啊走啊，它们葱翠的脚步覆盖了无数英雄们的骸骨和坟墓，覆盖了我们有限的智力和想象力无法理解和想象的无穷往事和无边荒原，覆盖了那只有经过充分覆盖才能最终被猜想的一切。

它们葱茏的步履，走啊走啊走啊，一直走到我老家的门前。

今天早晨，在我家乡李家营，我轻轻推开老屋的木门，在门外小路，我低下头，就看见父亲的菜园旁，路边石缝里，从汉朝以及从更久远的源头流来的溪水边，长满了柴胡、灯芯草、麦冬、鱼腥草，还有那深蓝色、锯齿形的蕨草，在众多草里，它显得兴冲冲、很高兴的样子，好像被草药们的味道陶醉了，或者它总是这样高兴，好像它每天都在过生日。此时，它高兴地，然而也是很谦逊地向我招手，它伏在药草们中间，它向我打着诚恳谦卑的手势。

我忽然想到：亿万年前，恐龙们也曾看见过这样的手势。

——这就是蕨的简史。

中午，我吃着母亲做的好吃的蕨粉，我想着一个不太好想的问题。

无疑，人类是现今地球的霸主、精英和成功人士，也即现代恐龙。

那么，蕨，这古老的植物，这时间的见证者，沧海桑田的目击者，你究竟能陪我们多久呢？或者，我们究竟能陪你多久呢？

在地球的史诗里，谁是最有生命力的章节？

在时间的长河里，谁是激流中一闪而逝的漂浮物？谁又是岸上久远的风景？

此时，我的思绪里，时间在加速奔跑，时间拽着我穿越广袤的宇宙空间。

一千年后、三千年后或五万年后，我在哪里？各位在哪里？名人们、精英们、富豪们在哪里？据说十分了不起的大款、大腕、大鳄们都在哪里？被我们挖掘和展览的恐龙化石又将被深埋在哪里？我们又将被谁挖掘和展览，并将被怎样命名和解说？然后，被挖掘和展览的我们的化石，又将被深埋在哪里？挖掘者又将被谁挖掘，展览者又将被谁展览，解说者又将被谁解说，被怎样解说？那时，我们在哪里？

哗的一声，时光的史书翻过千万卷。

此时，正午的阳光照在老屋前的菜园，闪烁着三亿年前的那种炫目光斑。

父亲正在菜园锄草、培土、浇水，白菜、芹菜、葱、菠菜、莴笋们，长势良好。

母亲在菜园旁边长满蕨草的小路上，杵着拐杖看着菜园，慢慢来回踱步。

母亲苍老慈祥的身影，投在路边蕨草丛上，母亲的身影慢慢移动，蕨草们就一明一暗的，好像在换衣裳。

更久远的时光我且不去想。

此时，看着母亲的身影和一明一暗的蕨草，我心里有一种暂且的安稳。

我且安于这有母亲、有父亲的日子。

我且安于这一碗蕨粉、一盘素食、一身布衣的日子。

门外，那蕨草，从我家老屋门前的小路旁、菜园边、溪流畔，一直向远处葱茏着，汹涌着，蔓延着，漫向大野，漫向远山，漫向苍穹，漫向时间尽头……

（原载于《汉中日报·都市周刊》）

槐树记

我小的时候，老家门前的这棵槐树也还小，比我高不了多少，我把它当作我的哥哥。

虽然我有哥哥，但不大像哥哥，到底为什么觉得他不像哥哥，我说不太清楚，当时的感觉是他在我心里引不起温暖亲切和可以依靠的感觉，当然，他也小，他可能也在心里盼望温暖亲切和可以依靠的感觉，我不能责怪和埋怨他。我想，我作为弟弟，算是有哥哥的人，心里尚且空落，他这当哥哥的，尤其是当大哥的，他把哥都当到顶了，前面再没有一个可以被他称为哥哥的人了，也许他还在心里埋怨我为什么是他的弟弟，而不是他的哥哥呢？他又能指望依靠谁呢？我就没有理由怪他了，反而对他这个没有哥哥的人产生了同情。

尽管如此，我的心里还是寂寞和寒冷，我想，世上应该有更好一些的哥哥的吧。

但是，哥哥是不能随便得到的，不是想有什么样的哥哥就有什么样的哥哥，也不能在人群里喜欢上了一个好哥哥样子的人就把人家当作你的哥哥，人家也不一定愿意当你的哥哥。

一个没有哥哥的人，是孤单的；有了哥哥却如同没有哥哥似的，是更孤单的。因为没有哥哥你还可以想象，假如有了哥哥可能会是一个很好的好哥哥吧；有了哥哥而哥哥不怎么样，你连对好哥哥的想象都不会有了。

就这样，我爱上了门前这棵槐树，我把他当作我的好哥哥。

他的个子比我高出一个头，我就想，他该比我大一岁吧，就算大两岁吧，大两岁就比我懂事，比我有主见，比我会关心人，也自然就会关心我。于是，我就有了一个比我大两岁的好哥哥。

早上起来，我首先跑到槐树跟前，站直身子，与我的好哥哥比个子，看谁长得快，我自然是比不上槐树哥的，过了两天，它又比我高出半篦片了。但我不嫉妒他，哥哥嘛，就应该比弟弟高。槐树呢，一点也没有高我一头的得意忘形，他静静地站在我面前，说，别急，有苗不愁长。

放学回家，我就把书包挂在槐树的一根粗枝桠上，那时书包不重，里面就是两三本课本，几个作业本，本来我也可以不让他背，但我是这样想的：我比他小，我都上学了，槐树哥却不能上学读书，他背上书包，也就成了身背书包的小学生了。我的哥应该比我有文化啊。但我又担心，槐哥肩膀嫩，我怕压伤了他，也怕影响他长个子，每天就让他背一会儿书包，就像走在上学路上的样子。然后取下来靠在他的根部，我让槐哥靠近书包里的文化。

我在树下念书的时候，槐哥很安静地听着，不发出一点儿吵闹的声音，比班上那些同学还懂得宁静致远的道理；我相信我背诵的那些文章和诗歌，槐哥也会背诵。我背“离离原上草……”，槐哥一边默诵，一边身子就动了动，他是按照诗的节奏在“离离”地往上长哩；我背“两个黄鹂鸣翠柳……”，槐哥的叶子也在风里念念有词，槐哥头顶果然就出现两个黄鹂，说明他真在背诵哩，鸟是最能听懂树的话语的，黄鹂听见树在喊叫黄鹂的名字，黄鹂就飞来了。我读毛主席的教导“好好学习，天天向上”，槐哥果然就猛长了一头，高出我许多，“天天向上”我是念在口上，槐哥可是记在心上，表现在身上。毛主席呀毛主席，你可知道乡村里我有一个槐哥，是最听你话的好孩子。

写作文的时候，我一定是在槐哥身边才写得又快又好。槐哥的安静让我很快就安静下来，世上的事，除了唱歌表演，大部分事情都必须是在安静中才能做好的，没有一个学问家、思想家、哲学家、科学家是在吵吵闹闹中工作的，我父亲种地，也是安安静静的，父亲说，吵闹和嘈杂，会让种子受惊，会伤了土地的元气。那时候我并不知道这么多，但我喜欢槐哥的安静，安静里，一定有天宽地阔的心境；我还喜欢槐哥的单纯，就那么一身绿色，一身清爽，顶多还有几声鸟叫，一弯素月，却怎么看怎么好看，怎么读怎么耐读，这不就是上好的文章吗？我坐在树下，总是文思泉涌，有时思路不畅，我就绕树转几圈，仿佛围绕真善美的中心，围绕诗意的中心，转着转着，从山重水复的上文，就转入柳暗花明的下文了。我常想，我的写作老师就是我安静、含蓄、清爽的槐哥，受他的感染，我的文字也就有了一些安静、含蓄、清爽的味道。

我对数学口诀总是记不住，这方面槐哥比我强多了，我背上一遍，他就记住了，而且立即就会应用和演算。加减乘除，他都精通。春天他做加法，一片绿芽加许多片绿芽，再加几只小鸟，连续加好多绿芽和好多小鸟，再加上一阵阵扑鼻的槐花香，再加上比母亲的蓝头巾还要蓝的天空，就求出了春天的总和；夏天他做乘法，绿叶乘绿叶，再乘上夜晚的星星，乘上早晨的露珠，就算出了丰盛的夏天；秋天他做减法，一点点减去一些叶子，身边的蝴蝶和头顶路过的大雁，也一点点减去，秋意就渐渐浓了，结果就很快出来了——霜，出来了；冬天他做除法，是他最擅长的，他删繁就简，三下五除二，干净的树干，简明的树枝，遥指着清空高处的几粒星子，一眼就能看明白的“商”出来了——白茫茫的雪覆盖了大地。这时候，我也从学校领回了成绩单：语文98分，数学97分，自然常识96分。我也给我的槐哥打了分数，我把分数写在槐哥身上：语文98分，数学100分，自然常识100分。我是这样想的：我背的文章槐哥也会背，因为我是当着他的面背诵的，我做的作业槐哥也会做，因为我是靠在他身上做的，他把答案都看得一清二楚，所以他和我语文分数应该一样；数学他是满分，他是天生的数学天才，我无法和他比；自然常识他也是满分，因为他就是大自然，常识只是我们对自然的粗浅认识，而他是掌握着自然的深奥秘密哩。

我在长大，槐哥在长高。我们的友谊也在加深，我常常把心里的话说给槐哥，他总是耐心地听我说，从不打断我，也不随便插话，谁能耐心听一个孤独孩子的诉说呢？在那些年只有我的槐哥。有时，他听明白了我的心事，感到他必须对我说点什么的时候，他的话总是那么诚恳温和，在风里，他把翠绿的叶子一片片展开，把写在手心的每一个字放在我的眼前，让我反复阅读。在他的语言里我看到的总是明亮、绿意、温柔和来自内心深处的芳香，而在这时候，人间的词典里开始充斥尖刻和凶狠，生活中流行着一个孩子不能理解也不能接受的粗暴语法。一个喜欢倾诉也渴望被倾听的孩子，那时几乎找不到说话的对象，我感谢我有一个好哥哥，我的槐哥，他总是静静地站在那里，等待我，随时倾听我，他那翠绿、温和的话语，随时为我展开。

我在受了委屈心里难受的时候，也曾在槐哥面前宣泄，我做得有些过分了，有几次，心里实在憋闷，就拿了裁纸的小刀，在槐哥身上划了几道口子，把心里的疼痛转移到槐哥身上，我的槐哥受伤了，但他没有喊叫，默默地承受了我的痛；有一次，一个心肠狠毒的人欺负我，善良的人似乎总得和这样的毒心肠遭遇，好像这个世界过剩的毒素总要感染你，你无法比他狠毒，那么他就会让你的心发炎，好人受气似乎就成了家常便饭，你无法让他死，你也不能被他气死吧？我对不起我的槐哥，我把气出在你的身上，那个黄昏，我用小刀子将那个我厌恶的名字刻在树上，并写下一句恶毒的话。对不起，槐哥，把那么恶劣的名字刻在你的身上，他配吗？那么臭的名字，亵渎了你芳香的骨头；那么恶毒的笔画，扎疼了你温柔的身体。刻上去之后，我后悔了，我感到对不起我的槐哥，但是我又不能用刀子刮掉，我不能让我的槐哥再一次受伤。这样，槐哥就不得不终生带着那些不好的笔画，带着那个不好的名字。后来槐哥的身子长得不是太端正，有点偏，我估计就是被那个名字，被那些不好的笔画给折磨的。

也许，槐哥心胸宽广，他不在乎什么名字什么笔画的，那根本不算个啥，你即使把皇帝的名字刻在他身上，他也不理不睬，他该怎么就怎么，照旧发他的绿叶，长他的年轮，写他的成长日记。他长得有点偏，可能是受了风的误导，从小河里吹来的风路过我家门前时，要转一个弯，槐哥就轻轻向右面偏了一点；也可能是受了我的影响，我小时看书，爱靠在槐哥身上，槐哥以为我要让他向那边长，就听我的话长过去了一点，就长偏了。

后来，我感染了一种叫“初恋”的病症，我偷偷爱上了一个散发着淡淡青草香的名字。但这是怎样开天辟地的大事，又是怎样神秘和圣洁的事，就如一个人赤着脚向着一片纯白雪地走去，既害怕踩脏了那雪地，又忍不住走向那梦境般的洁白。我是不是个不怀好意的人呢，怎么独独对人家有了留恋的念想，人家会不会骂你、讨厌你、瞧不起你？我能对谁说这事呢？这游丝般的念想就那么在心里缠绕不已，我的心里住进了上千只蜘蛛，它们都在围绕一个中心编织情感，那么认真，却又那么纷乱，无数游丝重叠交织成头绪纷繁、希望有结果却注定看不到结果的既芳香又苦涩的幸福的混乱！我对谁说呢？我不能对谁说！怀抱花粉的蜜蜂，它又对谁说呢？怀抱丝绸的蚕儿，它又对谁说呢？我必须为自己的春天保密。心，快爆炸了。在一个静静的月夜，我把心里的秘密对槐哥说了，槐哥听完了，答应为我绝对保密，不对任何人说，也不对树上过夜的鸟儿说，也不对头顶路过的月亮说，但是该怎么办，槐哥却拿不出主意，大概槐哥还没有过初恋的经历吧。这时候，我看槐哥也和我一样忧郁，他好像也陷进了初恋的烦恼之中，我明白了，槐哥愿意分享春天的秘密，也愿意分担春天的苦涩。我情不自禁地拿出小刀子，在槐哥身上刻上了那个名字，为了那个名字的安全和保密，我特地站在凳子上，在树的高处，在一年前刻下的那个丑陋名字的上面，我郑重地，一笔一画地刻上那个美丽的名字，美丽，高高地站在丑陋之上。就这样，在春天最高贵的部位，在槐哥芳香的年轮上，留下了我青春的笔迹，珍藏了我心爱的名字。槐哥，成了我初恋的纪念碑。

后来，槐哥就越长越高了，高出屋檐，高出屋顶，高出烟囱，高出柳树，高出榆树，高出杨树，高出那本来就很高的椿树，高出我青春的心跳能够触及的那部分天空。渐渐地，我只有仰起头才能看见槐哥那高高的树冠。

我知道，槐哥看见我渐渐也长高了，槐哥不愿我老是守在他旁边划一些重复的笔画，不愿我老是绕着他转圈圈，槐哥本身也看见了比屋檐和屋顶更高的天空，他也要向那里生长。树犹如此，何况人乎？我把耳朵紧贴在槐哥的身上，就听见里面哗哗流淌的血液；槐哥就在风里向我点头，招手，我懂得槐哥的意思，他是说：我们可不能停止生长哦。

后来，我就出门走了，留下了槐哥。

几十年后，我回到故乡，槐哥还健在，当年大我两岁的槐哥，如今已长成参天巨树，样子也有点苍老了，不像我哥，倒像我的祖父。面对他，我只能仰望，像仰望伟大的祖先。

但他分明还是认识我的，我站在他跟前，立即就嗅到了他内心里的清香，他是看着我长大的，我是呼吸着这清香长大的，这清香出自他的心，又深深地沁入了我的心，多少年，他就用这样的心香提醒我教育我，他一直把这纯真的香气保存在生命里，一棵树就以这样美好的方式证明着自己的存在。而人远不如一棵树这样美好，我们总是在太多的浑浊里游走、捕获，得意着和腐烂着，用人的话说就叫作成熟着和成功着；我们渐渐忘记了我们也曾经那么纯真和美好过，我们心安理得地开始了对青春的全面背叛，心安理得地向自己曾经那么厌恶那么断然拒斥的贪婪的方向、市侩的方向、污泥浊水的方向一路滑去；我们把浑浊理解成世界本身和生活本身，直到浑浊将我们改造成另一种生物，我们向非人的方向快速进化，变得已不大像人了，但我们觉得自己不仅更像人，而且是个人物。一棵槐树以内在的芳香证明自己的存在，我们以浑浊的财富、浑浊的权力、浑浊的名声来证明自己的存在，你仔细辨认，我们的存在不是别的，我们其实就是浑浊本身，或是浑浊的化身和别名。

此刻，我呼吸到了槐哥内心里保存的动人的清香。我在心里叫了一声：我的好槐哥啊！如果我身上有了脏的东西、浑浊的东西、丑陋的东西，槐哥，你要斥责我、教育我、洗刷我，为我洗心，为我招魂啊。

我的槐哥不说话，憨厚地站着，站在他一直站的地方，我想，我的槐哥，已经把这片土地站成了芳香的磁场。

我这个小弟弟，如今在他的眼里，不仅没有长大，而且比当初更小了，小成了他的儿子，小成了他的孙子。

我仰望着我的槐哥，像仰望着我越来越值得尊敬的伟大祖父。

我忽然记起了多年前我刻在槐哥身上的名字，我已根本想不起那个丑陋的名字，但我牢牢记着那个美丽的名字，那个春天的秘密，槐哥，你把那个动人的名字一直藏在身上，不停地带向高处，不停地带着那个名字向天空奔跑，仿佛要把她放在月亮上，放在天上最坚固的大理石上。

我终于明白，我此时仰望的已不只是一棵树，我在仰望生命中最纯洁的部分。

在我们似乎不懂生命的时候，我们用透明的心、真挚的忧伤，创造了生命最初的秘密和童话；那时候，我们站在世界的低处，我们战栗着，我们小心保存着自己露珠一样透明的心，它是如此干净、如此珍贵、如此脆弱易碎，世上找不到能够与它的干净和珍贵般配的纯真器皿保藏它，以至有多少青春的宝物都摔碎了、散落了、消失了。

所幸我的槐哥为我保存了我生命中最纯洁、最无价的部分。

一棵树珍藏着我青春的记忆，一直把它托举在蓝宝石的天上。

我在仰望，一个正在老去的人，如今回过头开始仰望他早年的神话。

仰望生命中最纯洁的部分。

他久久仰望……

（原载于《汉中日报·都市周刊》）

第二辑

我们的朋友

牛的写意

牛的眼睛总是湿润的。牛终生都在流泪。

天空中飘不完的云彩，没有一片能擦去牛的忧伤。

牛的眼睛是诚实的眼睛，在生命界，牛的眼睛是最没有恶意的。

牛的眼睛也是美丽的眼睛。我见过的牛，无论雌雄老少，都有着好看的双眼皮，长着善眨动的睫毛，以及天真黑亮的眸子。我常常想，世上有丑男丑女，但没有丑牛，牛的灵气都集中在它的大而黑的眼睛。牛，其实是很妩媚的。

牛有角，但那已不大像是斯杀的武器，更像是一件对称的艺术品。有时候，公牛为了争夺情人，也会进行一场爱的争斗，如果正值黄昏，草场上牛角铿锵，发出金属的声响，母牛羞涩地站在远处，目睹这因它而引发的战争，神情有些惶恐和歉疚。当夕阳“咣当”一声从牛角上坠落，爱终于有了着落，遍野的夕光摇曳起婚礼的烛光。那失意的公牛舔着爱情的创伤，消失在夜的深处。这时候，我们恍若置身于远古的一个美丽残酷的传说。

牛在任何地方都会留下蹄印。这是它用全身的重量烙下的印章。牛的蹄印大气、浑厚而深刻，相比之下，帝王的印章就显得小气、炫耀而造作，充满了人的狂妄和机诈。牛不在意自己身后留下了什么，绝不回头看自己蹄印的深浅，走过去就走过去了，它相信它的每一步都是实实在在走过去的。雨过天晴，牛的蹄窝里的积水，像一片小小的湖，会摄下天空和白云的倒影，有时还会摄下人的倒影。那些留在密林里和旷野上的蹄印，将会被落叶和野花掩护起来，成为蛐蛐们的乐池和蚂蚁们的住宅。而有些蹄印，比如牛因为迷路踩在幽谷苔藓上的蹄印，就永远留在那里了，成为大自然永不披露的秘密。

牛的食谱很简单：除了草，牛没有别的口粮。牛一直吃着草，从远古吃到今天早晨，从海边攀援到群山之巅。天下何处无草，天下何处无牛。一想到这里我就禁不住激动：地上的所有草都被牛咀嚼过，我随意摘取一片草叶，都能嗅到千万年前牛的气息，听见那认真咀嚼的声音，从远方传来。

牛是少数不制造秽物的动物之一。牛粪是干净的，不仅不臭，似乎还有着淡淡的草的清香，难怪一位外国诗人曾写道："在被遗忘的山路上，去年的牛粪已变成黄金。"记得小时候，在寒冷的冬天的早晨，我曾将双脚踩进牛粪里取暖。我想，如果圣人的手接近牛粪，圣人的手会变得更圣洁；如果国王的手捧起牛粪，国王的手会变得更干净。

在城市，除了人世间浑浊的气息和用以遮掩浑浊而制造的各种化学气息之外，我们已很少嗅到真正的大自然的气息，包括牛粪的气息。有时候我想，城市的诗人如果经常嗅一嗅牛粪的气息，他会写出更接近自然、生命和土地的诗；如果一首诗里散发出脂粉气，这首诗已接近非诗，如果一篇散文里散发出牛粪的气息，这篇散文已包含了诗。

（原载于《陕西日报》副刊）

放 牛

大约六岁的时候，生产队分配给我家一头牛，父亲就让我去放牛。

记得那头牛是黑色的，性子慢，身体较瘦，却很高，大家叫它“老黑”。

父亲把牛牵出来，把牛缰绳递到我手中，又给我一节青竹条，指了指远处的山，说，就到那里去放牛吧。

我望了望牛，又望了望远处的山，那可是我从未去过的山呀。我有些害怕，说，我怎么认得路呢？

父亲说，跟着老黑走吧，老黑经常到山里去吃草，它认得路。

父亲又说，太阳离西边的山还剩一竹竿高的时候，就跟着牛下山回家。

现在想起来仍觉得有些害怕，把一个六岁的小孩儿交给一头牛，交给荒蛮的野山，父亲竟那样放心。那时我并不知道父亲这样做的心情。现在我想：一定是贫困艰难的生活把他的心打磨得过于粗糙，生活给他的爱太少，他也没有多余的爱给别人，他已不大知道心疼自己的孩子。

我跟着老黑向远处的山走去。

上山的时候，我人小爬得慢，远远地落在老黑后面，我怕追不上它我会迷路，很着急，汗很快就湿透了衣服。

我看见老黑在山路转弯的地方把头转向后面，见我离它很远，就停下来等我。这时候我发现老黑对我这个小孩儿是体贴的。我有点喜欢和信任它了。

听大人说，牛生气的时候，会用蹄子踢人。我可千万不能让老黑生气，不然，在高山陡坡上，它轻轻一蹄子就能把我踢下悬崖，踢进大人们说的“阴间”。

可我觉得老黑待我似乎很忠厚，它的行动和神色慢悠悠的，倒好像生怕惹我生气，生怕吓着了我。

我的小脑袋就想：大概牛也知道大小的，在人里面，我是小小的，在它面前，我更是小小的。它大概觉得我就是一个还没有学会四蹄走路的小牛儿，需要大牛的照顾，它会可怜我这个小牛儿的吧。

在上陡坡的时候，我试着抓住牛尾巴借助牛的力气爬坡，牛没有拒绝我，我看得出它多用了些力气。它显然是帮助我，拉着我爬坡。

很快地，我与老黑就熟了，有了感情。

牛去的地方，总是草色鲜美的地方。即使在一片荒凉中，牛也能找到隐藏在岩石和土包后面的草丛。我发现牛的鼻子最熟悉土地的气味。牛是跟着鼻子走的。

牛很会走路，很会选择路。在陡的地方，牛一步就能踩到最合适、最安全的路；在几条路交叉在一起的时候，牛选择的那条路，一定是到达目的地最近的。我心里暗暗佩服牛的本领。

有一次我不小心在一个梁上摔了一跤，膝盖流血，很痛。我趴在地上，看着快要落山的夕阳，哭出了声。这时候，牛走过来，站在我面前，低下头用鼻子嗅了嗅我，然后走下土坎，后腿弯曲下来，牛背刚刚够着我，我明白了：牛要背我回家。

写到这里，我禁不住在心里又喊了一声：我的老黑，我童年的老伙伴！

我骑在老黑背上，看夕阳缓缓落山，看月亮慢慢出来，慢慢走向我，我觉得月亮想贴近我，又怕吓着了牛和牛背上的我，月亮就不远不近地跟着我们。整个天空都在牛背上起伏，星星越来越稠密。牛驮着我行走在山的波浪里，又像飘浮在高高的星空里。不时有一颗流星，从头顶滑落。前面的星星好像离我们很近，我担心会被牛角挑下几颗。

牛把我驮回家，天已经黑了多时。母亲看见牛背上的我，不住地流泪。当晚，母亲给老黑特意喂了一些麸皮，表示对它的感激。

秋天，我上了小学。两个月的放牛娃生活结束了。老黑又交给了别的人家。半年后，老黑死了。据说是在山上摔死的。它已经瘦得不能拉犁，人们就让它拉磨，它走得很慢，人们都不喜欢它。有一个夜晚，它从牛棚里偷偷溜出来，独自上了山。第二天有人从山下看见它，已经摔死了。

当晚，生产队召集社员开会，我也随大人到了会场，才知道是在分牛肉。

会场里放了三十多堆牛肉，每一堆里都有牛肉、牛骨头、牛的一小截肠子。

三十多堆，三十多户人家，一户一堆。

我知道这就是老黑的肉。老黑已被分成三十多份。

三十多份，这些碎片，这些老黑的碎片，什么时候还能聚在一起，再变成一头老黑呢？我忍不住号啕大哭起来。

人们都觉得好笑，他们不理解一个小孩儿和一头牛的感情。

前年初夏，我回到家乡，专门到我童年放牛的山上走了一趟，在一个叫“梯子崖”的陡坡上，我找到了我第一次拉着牛尾巴爬坡的那个大石阶。它已比当年平了许多，石阶上有两处深深凹下去，是两个牛蹄的形状，那是无数头牛无数次踩踏成的。肯定，在三十多年前，老黑也是踩着这两个凹处一次次领着我上坡下坡的。

我凝望着这两个深深的牛蹄窝。我嗅着微微飘出的泥土的气息和牛的气息。我在记忆里仔细捕捉老黑的气息。我似乎呼吸到了老黑吹进我生命的气息。

忽然明白，我放过牛，其实是牛放了我呀。

我放了两个月的牛，那头牛却放了我几十年。

也许，我这一辈子，都被一头牛隐隐约约牵在手里。

有时，它驮着我，行走在夜的群山，飘游在稠密的星光里……

（原载于《汉中日报》副刊《汉水》）

小　白

我怀念那条白狗。

是我父亲从山里带回来的。刚到我家，它才满月不久，见人就跟着走，过了几天，它才有了内外之分，只跟家里人走，对外人、对邻居它也能友好相处，只是少了些亲昵。我发现狗有着天生的“伦理观”和“社交能力”。不久，它就和四周的人们处得很熟，连我也没有见过的大大小小的狗们也常在我家附近的田野上转悠，有时就汪汪叫几声，它箭步跑出来，一溜烟儿就与它的伙伴们消失在绿树和油菜花金黄的海里。看得出来，它是小小的狗的群落里一个活跃的角色。我那时在上高中，学校离家有十五里，因为没钱在学校就餐，只好每天跑步上学，放学后跑步回家吃饭，然后又跑步上学，只是偶尔在学校吃饭、住宿。我算了一下，几年高中跑步走过的路程，竟达一万多里。这么长的路，都是那条白狗陪我走过来的。每一次它都走在我前面，遇到沟坎，它就先试着跳过去，然后又跳过来，蹭着我的腿，抬起头看我，示意我也可以从这里跳过去。到了学校大门，它就停下来，它知道那是人念书的地方，它不能进去，它留恋地、委屈地目送我走进校园，然后走开，到学校附近的田野里逛游，等到我放学了，它就准时出现在学校门口，亲热地蹭着我，陪我从原路走回家。我一直想知道在我上课的这段时间里，它是怎样度过的，有一天我特意向老师请了一节课的病假，悄悄跑出校园观察狗的动静。我到食堂门口没有找到它，它不是贪吃的动物；我到垃圾堆里没有找到它，它是喜欢清洁的动物；我到公路下面的小河边找到它了，它卧在青草地上，静静地看着它水里的倒影出神。我叫了它一声“小白”（因为它通体雪白），它好像从梦境中被惊醒过来，愣愣地望了我一会儿，突然站起来舔我的衣角，这时候我看见了它眼里的泪水。那一刻我也莫名其妙地流出了眼泪，我好像忽然明白了生命都可能面对的孤独处境，我也明白了平日压抑我的那种阴郁沉闷的气氛，不仅来自生活，也来自内心深处的孤独。作为人，我们尚有语言、理念、知识、书本等等叫作文化的东西来化解孤独升华孤独，而狗呢，它把全部的情感和信义都托付给人，除了用忠诚换回人对它的有限回报，它留给自己的全是孤独。而这孤独的狗仍然尽着最大的情义来帮助和安慰人。这时候狗站在我身边，河水映出了我和它的倒影。

后来我上大学了，小妹又上高中，仍然是小白陪着妹妹往返。妹妹上学的境遇比我好一些，平时在学校上课、食宿，星期六回家，星期日下午又返回学校。小白就在星期六到学校接回妹妹，星期日下午送妹妹上学，然后摸黑返回家。我在远方思念着故乡的小白，想着它摸黑回家的情景，黑夜里，它是一团白色的火苗。有一次我梦见小白走进了教室，躲在墙角看着黑板上的字，它也在学文化？醒来，我想象狗的脑子里到底在想什么，它有没有了解人，包括了解人的文化的愿望？它把自己全部交给人，它对人寄予了怎样的期待？它仅仅满足于做一条狗吗？它哀愁的深邃目光里也透露出对人、对它自己命运的大困惑。它把我们兄妹送进学校，它一程程跑着周而复始的路，也许它猜想我们是在做什么重要的事情，我们识了许多字，知道了一些道理，而它仍然在我们的文化之外，它当然不会嫉妒我们这点儿文化，但它会不会纳闷：文化，你们的文化好像并没有减少你们的忧愁。

后来小白死了，据说是误食了农药。父亲和妹妹将它的遗体埋进后山的一棵白皮松下面，它白色的灵魂会被这棵树吸收，越长越高的树会把它的身影送上天空。那一年我回家乡，特意到后山找到了那棵白皮松，树根下有微微隆起的土堆，这就是小白的坟了。我确信它的骨肉和灵魂已被树木吸收，看不见的年轮里寄存着它的困惑、情感和忠诚。我默默地向白皮松鞠躬，向在我的记忆中仍然奔跑着的小白鞠躬。

（原载于《西安日报》副刊《西岳》）

狗与乡土

一

狗是大地上的古典主义者，骨子里最喜欢古老的乡土，喜欢白墙青瓦、桃红柳绿、鸡鸣鸟叫的村庄，喜欢传统农业，喜欢四季分明的农事，它虽然不解农事，但它一直试图理解并想加入农事，我们经常看到农人后面跟着一只或数只狗，它们或走在田埂，或卧于地畔，总是用尊敬、羡慕、求教的目光观察农人的耕作，虽然它的研究自古迄今似乎没有多少进展，但这至少透露了狗对土地、农业和农人的宗教般的崇拜。被一些浅薄人、势利眼一向瞧不起的朴素勤劳的农人，在狗的眼里却是真正的唯一值得崇拜的神灵：他们为什么就那样千年如一日地不辞劳苦呢？他们为什么就那样能干呢？他们硬是在土地里发明出那么多好看的、好闻的、好吃的、好喝的，而它怎么花了千万年时间也看不懂学不会一点点呢？农人不是神谁还能是神呢？可以想象，狗的内心里一定汹涌着对农人的原教旨主义般的狂热宗教崇拜。

狗不仅是坚定、虔诚的乡村古典主义者，也是热情、积极的浪漫主义者，它喜欢率性散漫、自由自在，喜欢通俗的狂欢，只要发现哪里有什么动静，它都会赶去凑凑热闹，并发表几句未必准确却也并非全然凌空蹈虚、不着边际的议论，在乡村的任何一个节日、聚会，以及婚嫁丧娶的仪式上，都少不了狗的身影，狗其实早已是乡土文化的一部分，是民俗风情里的一个鲜活诙谐的意象和经典符号，天然地带着哲学和喜剧色彩。

在许多场合，若没有狗的参加，就少了许多情趣、气氛和意味。

写到这里，我想起一件往事，值得一说。多年前深秋的一天，我和亲人在故乡坡地上安葬故去的父亲，当时云暗天低，我悲凄的心里也笼罩着无边的灰暗与虚无，觉得人活一世真是徒然，父亲埋了祖父，我埋了父亲，我的孩子以后又埋我，世世代代就这样活下去也埋下去，最终把地球埋成一座万古大坟包，这就叫生命的意义？这么想着，心就坠到一个深不见底的黑窟窿里了，那个叫作“死”的东西正在将我平日里用文字和诗句极力捕捉和显现的所谓生的意义全部捉拿走了，只剩下了存在的虚无和生存的徒劳……就在这时，我看见了跟随出殡人群赶上山来的邻居家的那只名叫“黑黑”的黑狗，它从附近苞谷地里奔跑出来，在我们身边刚成形的坟头转了一圈，低着头好像记起了什么，不时瞅瞅我们显然比往日阴沉得多的脸上的表情，然后，走到离坟不远的坡梁，蹲下来，很沉默的样子，忽然，它汪汪叫了几声，又似乎意识到有什么不妥而很快静下来。我于是开始留意它，心绪也渐渐从那个无底黑窟窿里往上浮出。我首先看见了它那同情的目光，我同时看见了它身后那层层叠叠的大巴山的峰峦，而在峰峦的上方，是云雾散去后渐渐亮开的无尽苍穹，苍穹之上，有一些鸟飞过去，又有一些鸟飞过来，像在天上开运动会，或举办以云彩为主题的诗歌朗诵会，而在鸟影的右上空，一弯白昼的月亮现出淡银色的括弧状轮廓，月亮此时仍在为天空值班，那么，月的后面，毫无疑问还排列着无数的星星和星河，等待着出场，或者它们无须出场，它们一直都在现场，在它们的车间、田野、广场和书房里，一直都在那里注视和沉思，一直在分担着什么，分担着宇宙安排给它们的工作，也分享着在分担中所体验的一切快乐和不快乐，以及生荣死哀。想到这里，我竟然泪流满面了，啊，此时，我面对的这一切，这忧伤的狗，无言的远山，那月儿出示的括弧（括弧暗示着什么？或等待填进去什么？），以及那暂时隐逸于白昼后面的无尽星群、无穷时间和无限空间，这一切，都在分担着它们自身命运的同时，也在分担着我的命运，分担着属于我的生的压力和死的哀伤。是的，此时呈现的天地万物和苍穹宇宙，都在笼罩和帮助着小小的人间，都在帮助我减轻灵魂的负担！想到这里，我流着泪的心里，竟有了一种细微然而却来得很深的温暖，有了一种比死的背景更广阔的生的慰藉，有了一种比所谓的诗意更广阔深邃的难以名状的宇宙意识和生命况味。

是那只忧伤的狗，及时向我提醒了，在父亲新坟不远的地方，在我们头顶，还存在着值得感念的这一切，这辽阔、永恒的一切……

二

狗是土生土长的乡土的子孙，是农业社会的忠实成员之一。数千年来，狗除了忠实地做着看家护院、报警防贼这些很实际的业务，在我看来，狗的可爱更在于它的那些比较天真、显得有些空幻的务虚活动。在此，以我小时候很喜欢的我们家的那只白狗为例，做些说明，也请朋友们想一想狗的丰富内心和它如今遭遇的困境。

比如，夜晚，它在我们家房前屋后巡游了一番，见没有什么异常动静，就蹲在草垛旁，眺望从村东头屋顶上走过来的月亮，它看来看去，觉得今天晚上的月亮没有前些天那么圆，缺了一大半，难道被贼偷了？难道天上也有贼？它虽是土狗土命，但这个道理它很明白：它脚下的土地在夜晚都是月亮照管着的，咱总不能不管人家月亮吧？于是就对着残缺的月亮吼叫起来，要把那藏在云里的贼吓跑。村里的狗也跟着都叫起来了，它们相信这仗义的声音一定能传到天上。果然，过了几天，月亮又圆起来了，看来上苍已经处理了那个盗窃案件，教育了那个盗窃月光的天上的贼，把月亮丢失的家当又还给了月亮，物归了原主，月亮又变得完整浑圆了。狗们相信这是它们的叫声对天上的秩序和月亮的完好起了作用，它们觉得自己没有白吃白喝，这一辈子也没有白活，对人世、对上苍也有着不小的功德。为什么狗虽然寄人篱下，却并不虚无颓废，对生活总是怀着好奇和激情?我猜想,它们也许就是从上述的行为和一厢情愿的幻觉中,获得了支持自己活下去的成就感和意义。

我想,这也许就是为什么几千年来,在上弦月或下弦月的夜晚,村庄的狗叫就显得十分密集的原因,那是狗们在提醒月亮:看啊,怎么弄的,又缺了一大块,咋不守好自己的家当?汪汪汪,快快快,赶快找回丢失的月光。

再比如,闲暇时,它爱在村子南边的机耕路上走来走去,路边白杨树飘下几片叶子,有一片擦着它的窄脸很温柔地掉在面前,它就吻一吻那片树叶,蹲下来,用了好长时间仰望那棵白杨树,想从树上看见一个秘密,想从这微妙的细节理解一棵白杨树对它这只狗的纯洁友谊。假如此时正好有一个多愁善感的人路过,他会从一只狗的眼睛里,看到自己也会有的相似的深情和忧伤。

再比如,小时候,我就好几次看见它在我家屋后清亮的溪水边,定定地盘着尾巴坐在石板桥上,望着自己的倒影出神。现在想起来，那只白狗对着水里的另一个自己出神时的样子，真是纯洁温柔极了，还有几分疑惑，这是自己吗？自己是这个狗样子吗？为什么是这个样子而不是别的样子呢？你是干什么的？你跑来跑去最终要往哪里去呢？你的将来呢？此时的它显得非常有思想，非常深刻和孤独，还有几分禅定的意味。那一会儿它真的不像是一条狗，倒像是一位神灵，一个修士，一个思想家，只是被我们错误地看成了一条狗。

以上情景，并不是我为了塑造狗的通灵形象而虚构杜撰，而是情景实录，只是略加了一点想象，徒劳地希望走进而实际上我们根本不可能走进的狗的内心。但是，有一点可以肯定：传统农业时代的狗，是比较纯真，比较浪漫，也比较幸福的狗，除了忠于职守，还保持着多种业余爱好，爱好幻想和漫游，追求写意的生活情调。这是因为，原初的大自然、广阔的土地和单纯朴素的传统农业，没有伤害和扭曲它们的天性，而是培养了它们的情感、灵性和智慧。它们在部分地服从和服务人的同时，还比较多地保持着自己纯洁的兽性和作为一个生灵的尊严，甚至保持着一部分既不被我们理解甚至连它自己也不能理解的浪漫情怀和深奥灵性。

三

而随着大自然惨遭毁损，古老的乡土快速沦陷，单纯的传统农业渐成绝响，这土生土长、喜欢乡土、热爱草木、钟情农业、崇拜农人、眷恋农家的有着浪漫主义情调的狗，它的命运就十分惨淡和尴尬。它所熟悉的地理版图已几乎全部消失，它喜欢钻进去听蝉鸣、偶尔逮一只蚂蚱尝尝鲜的那些有意思的树林没有了，它守护了几千年的农家小院没有了，那“榆柳荫后檐，桃李罗堂前”“人面桃花相映红”的情景没有了，连一条能照见自己倒影的清澈河湾或清水池塘也没有了，它好像已有好几辈子没见过自己到底长什么模样儿了？是不是长成一副苦瓜脸，满脸都是苦相？或长成了一张猪脸，满脸都是破罐子破摔的麻木蠢相？它的伙伴和相好陆续都被套上铁链关押了起来，它喜欢散步、约会、奔跑、在无人的旷野大声朗诵的爱好，也被迫放弃了。

我们这些人，失去了田园，还可以逃进古代田园诗里养一会儿神；没有了乡土，还可以到乡土传说里吸一点氧；没有了相伴千年的古村、古街、古庙、古桥、古树、古河，还可以造些假古董哄哄自己。可是，狗不识字，没文化，也不会造假，它没有我们这些花样来补偿自己的致命失落，来转移和升华内心的愁苦，那么，狗怎么办呢？它失去了昨日时光里的一切，得到的只是一根冰冷的锁链。

在我的眼里，那些失去乡土、失去家园的狗，很可能已经精神分裂，它们那长期与人相处而养成的细腻丰富的内心世界已经彻底坍塌和崩溃，不用去咨询和请教动物心理医生，我从它们那恍惚的表情、迷茫愁苦的眼神以及经常莫名其妙发出的疯狂嘶鸣中可以感觉出来。

所以，在我看来，现在的许多狗，其实都是丧家之犬，是精神分裂之狗，是令人同情而又无法帮助的可怜儿，弄不好，也许会疯掉的。我很想带它们返回乡土，可是，谁又能帮我找回失去的乡土？

四

这时，我看见了月亮，那个一直关照着狗也被狗关照过、看护过的月亮，它还大致保持着古时候的容颜，保持着传统农业时代的质朴和安详，在沦陷的乡土之上，它似乎在提示着：人们啊，生灵们啊，莫要太忧伤，你们所钟情的某些古典事物并没有完全沦陷和终结，白云啦，虹啦，雷电啦，温柔的毛毛雨啦，以及狗最熟悉的狗尾巴草啦，草叶上的露水珠珠啦，还有那无中生有能把一切生长出来的，从古代一直传下来的泥土，不是还在着吗？并没有被房地产老板全部买断全部用水泥封死吧？更没有被谁从地球偷走卖给天狼星吧？那么，万物生于土，又归于土，土是过去的全部和未来的一切。土在，就还会有万物，虽然丢了些好东西，放心，迟早还会长出来的，除非谁能把地上的土全都偷去卖给天狼星。而且，天上的东西多数都还保存在天上，你曾经担心，会被天上的贼偷走的月亮，它不是还完好地悬在头顶吗？

所以，我希望愁苦的狗，不妨像过去那样，也经常抬起沮丧的头，看看月亮，看看远山，看看来来去去的云彩，想开些，事情并非就此完蛋了，天无绝人之路，地无灭狗之心，人其实也无虐狗之意，天道轮回，天意高深，天意，也许在准备着、酝酿着别的希望？

（原载于《青鸟》文学季刊）

父亲赶集卖小猪

父亲去集市卖小猪，小猪在筐子里嗷嗷叫，他用手轻轻摸了它们几下，说，别叫，带你们找几户好人家。小猪仍叫。父亲就哼着随口编的歌，为它们演唱并催眠。小猪渐渐不叫了，睡着了。走到半路，小猪醒了，又叫，父亲伸出手逐个抚摸它们，小猪听话，又不叫了，小猪熟悉这双粗糙又温存的手。快到集市了，这时候，一些小孩儿拉着妈妈们的衣襟或爹爹们的手，往回家的方向走。小猪又叫了，小猪可能听见了小孩儿的叫声，也跟着叫起来。这时，父亲没有伸出手抚摸小猪，也没有顺口哼歌哄小猪。父亲把背上的筐子放在地下，仔细看了一眼没出过门的小猪，心里颤了一下，心里很软，眼眶也潮了。

父亲是孤儿，三岁时就死了爹娘，跌跌撞撞活到现在。父亲身世苦，心肠软，平日里硬话不是没说过，但是硬话刚一出口，不知伤别人没有，他自己首先觉得不对劲儿，立即后悔；硬事儿却从没做过，不会做，做不出来。有人与他斗气，争抢啥的，他总退让，他的口头禅是：让人一步自己宽。遇到不本分的人，父亲难免受气。父亲认了。父亲自己打扫和安慰自己的心，说，别的咱都没有，不是自己的咱都不要，咱就落个自家心里干净、宽展。

此时，面对听话的小猪，乖乖的、软绵绵的小猪，软心肠的父亲，心更软了：也是没出过门的娃娃，咋就把人家说卖就卖了？父亲觉得自己正在做着不该做的事。虽然，集市不为心肠标价，集市不流通心肠，集市只贸易货物。何况，父亲需要钱，一家子的日子需要钱。但是，父亲觉得自己正在做不该做的事。父亲掉过头往回家的方向走。

回到家，父亲对我妈说：小猪太小，人家嫌断奶早了，不好卖，再养几天吧。

怪了，不是断奶好几天了嘛。还要养多久呢？我妈问。

父亲回答：先养着，到时候再说吧。

（原载于《汉中日报》副刊《汉水》）

猪把自己降到千万倍低于人

我妈在世的时候，每当自己家里杀猪或遇到别人家里杀猪，她都有些不同于平时的情绪波动。一个善良仁慈的妇道人家，面对动刀和流血的场景，你让她心如止水、保持所谓的平常心，那怎么可能？一个总是护生惜物、连一只蚂蚁也不忍伤害的母亲，面对自己一手喂大、朝夕相处于同一个屋檐下的生灵忽然间身首异处、开膛破肚，她如何不生起不忍之心？这时候，母亲总是悄悄离开杀猪烫猪的院场，到屋里埋头做针线活或刷锅洗碗，口里还不停地默念：猪啊猪啊你莫怪，你是人间一道菜，来世投胎变个人，多行善事无病灾。

记忆里印象最深的，是村东头爱读书、信佛教、外号“杨菩萨”的杨贵元爷爷说的一席话，那天，他见有人家杀猪，猪挣扎惨叫，他的表情显得有些愕然、悲悯，但也不好公然说什么，更不可能跑过去夺了人家手里的杀猪刀，他只是低头自言自语，以化解面对杀生场景心里涌动的怜悯、无奈情绪。他喜欢和我这个小字辈说话，记得他对我这样说：猪把自己的筋骨血肉肠肠肚肚全给了人，这是谁能做到的？是神吗？神也做不到，神只能被人高高供在神台上，神身上没肉，神身上就是有肉，人也不敢吃。把自己的一切全都给了人，神做不到，猪做到了。猪当然不是神，也不是佛，但猪有大恩于人，难说它就是下凡的天神和大佛来到人间，把自己降到千万倍低于人，从而帮助和成全着人。

（原载于《西安晚报》副刊《终南》）

是怎么回事。我妈后悔自己大意没关好圈门，让母猪和猪娃娃受了惊吓。

猪娃娃渐渐长大，母子十一口每天要吃喝拉撒，猪窝里垫的干草很快就被一旁的粪水浸湿了，这样每天都得重新清理垫进干草，因为猪很爱干净，坐月子的猪更需要干爽温暖的环境。农活太忙了，大人们还要到山上修水库，实在顾不了猪，就让我放学回家后给圈里换干草，添猪食。可是我放学老是想和小伙伴玩，避重就轻，添了大人提前拌好的猪食，却没有及时为猪窝换垫干草——因为要到田野里把生产队分给每户的稻草选干爽的背回来，这事太麻烦，我就把天天换干草，擅自改成两三天换一次。那天中午放学，添猪食的时候，我才发现前几天换的干草大部分都被粪水浸湿了，还剩下不多一点儿干草，形成一个稍微干爽些的孤岛，猪妈妈让自己的孩子一个个紧挨着睡在孤岛上，自己却站在粪水浸泡的湿草里，它是把仅剩的干草用嘴一点点噙到固定睡觉的地方，在“水深火热”中为自己的孩子筑成了一个温暖干爽的小岛。就这样，它站在水深火热里为孩子哺乳，它站在水深火热里过夜，它站在快要没膝的粪水里，尽着母亲的职责。

这是因我的偷懒造成了它们一家的痛苦，但是憨厚的猪妈妈没有责怪我，它总是用温柔的眼神迎接我的到来。当我怀着愧疚的心情赶紧从田野里背回干爽的稻草，垫进猪圈，把那个“孤岛”扩大成一片温暖的大陆时，猪妈妈终于又和它的孩子们暖融融地睡在一起了。我蹲下来，轻轻抠着猪妈妈的后颈窝，表示对它的歉意，猪妈妈感激地看了我一会儿，然后闭上它那好看的双眼皮眼睛，发出柔和、满足的呢喃声。时至今天，几十年过去了，我仍然认为那是猪妈妈在对我说话，它心里有话要说，一个母亲心里定然有很多话要说，一个母亲定然有着很多柔软心思，当然，一个母亲心里定然也有着很多委屈和忧伤。

一个多月后，猪娃娃们长大了，也到了猪崽买卖的时节。离我们村十余里的漾河上游，有个叫元墩的集市，逢农历双日开市，这天，父亲用两个竹筐，一筐装五个猪娃娃，十个猪娃娃被父亲挑着要去赶集。我舍不得它们离开，哭叫着抱着父亲的腿阻拦他，母猪在圈里烦躁地顶门，门顶不开，就用头撞墙，悲伤地嘶叫，它要留住自己的孩子。父亲这时倒是能体会我的心情，没对我发脾气，还低头劝我：娃啊，筵席都有散的时候，人到时候都要分家，到时候还要分手，猪又咋能例外呢？再说了，你上学的学费，家里的油、盐、酱、醋、穿衣、吃饭，都等着猪来帮衬呢。我妈在一旁抹着眼泪，说，孩子，你爹说得对，你也没错，让你爹去吧，今天逢双日，不是说逢双有喜嘛，今天是个吉祥日子，猪娃娃们一定都能遇到好人家，它们不会受苦的。母亲一边说着，一边挨个儿抚摸小猪娃娃，她是在为它们送行。然后，母亲又抱了些干草走进猪圈，一边铺垫，一边口里喃喃着，像是自言自语，又像是对母猪说宽心话：娃他妈，想开些，又不是第一次养孩子，啥事没经历过？你的心思我晓得，都是当娘的，当娘的心里苦水多，想开些，别伤心，娃们迟早总得离开，娃们会有个好去处的，心放宽些，后面的日子还要好好过呀。母亲仔细整理了猪窝，铺垫了干草，又把食槽刷洗了一遍，这样，小猪留下的气息就会淡一些，母亲想藉此缓和猪妈妈对孩子的思念之苦，她也只能以这种方式表达一个母亲对另一个母亲的同情和怜悯。

开学了，我和哥哥用小猪换来的钱交了学费，父亲也在铁匠铺里打了几把锄头、镢头、镰刀，母亲用剩余的钱为我们买了一些蓝卡其布亲手做了新衣服。当我捧着崭新的课本，穿着崭新的衣服，放学后高高兴兴跑回家，却发现院子里比以往天冷清了许多，才忽然记起是没有了猪娃娃们那天真可爱的声音。于是，赶紧推开猪圈门，我看见了孤独的猪妈妈，它低垂着头孤独地站在阴影里。它那一身浓重的黑色，像一片永恒忧伤的黑夜。

不久，母猪又怀孕了。又产崽了。猪娃娃又去集市了。猪妈妈，就这样一窝窝地生产着它的光荣和忧伤，一次次地重复着它的苦难和无助，一年年地支援着我们清贫而值得感恩的生活。

（原载于《都市周刊》）

悼念一只鸡

我家仅有的这只白母鸡死了。

是我星期天从市场上买回来的，本来准备当天就杀掉，看到它那样娇小，又那样文弱，在鸡的家族里，它还是一个正值青春期的少女，于是举起的刀就又羞愧地、负罪般地缩回去了，恨不得赶快隐居深山，重新变成一块慈祥的石头。

它的确很文弱，走起路来总是迈着细步，左顾右盼，好像怕跌倒；也许它胆怯，对它生存的环境充满戒备和不信任。它很少大声吵嚷，这也许是因为它的生活里没有令它欣喜若狂的事情发生，也许它生性宁静，不喜欢嘈杂，不论是来自自身的嘈杂还是自身之外的嘈杂，它都一一谢绝了。它活得很安静，至少表面上是这样。

奇迹发生了。一天中午，我看见它很着急地四处奔走和搜寻，像要做一件隐秘而重大的事情。

果然，一颗蛋生下来了，多不容易啊！它在纸屑箱里蹲了六十五分钟，这是怎样艰难的分娩啊！谁知道它为这第一次生育忍受了多少痛苦和煎熬。

我捧起这还带着温热、粘着血丝的蛋，久久端详着。蛋很小，比一般的蛋要小得多。我感激地望着这位小小的母亲，难为你了，难为你了。你只是吃些剩饭、糙米、菜叶，却创造了这样富含营养的作品，你送给我如此慷慨的礼物，我愧对这慷慨。

我每天都抽出时间关照它。早晨我打开它那简陋的房舍，让它能享受到清新的空气和阳光；黄昏，我细心地铺垫它的寝室，让它也有一处不错的梦乡。下雨了，我为它搭盖房檐，看着它雨地里浑身湿透的样子，真想对它说：朋友，避避雨吧，小心感冒。

我发现它越来越孤寂和凄清，无论它走着、蹲着、站着、卧着，总透出一种孤弱无助的伤感。噢，它怎么不孤独呢？它远离了鸡的群落，而皈依人类，在自然的眼睛里，它已经属于人了；而在人的世界里，它只是一只鸡，一种家禽，一个生蛋的工具。它既属于自然又属于人，这就决定了它的宿命：它既不属于自然也不属于人，自然也可施虐于它，人也可施虐于它。它的确是孤弱而无助呵。

唉，为什么它是鸡呢？它为什么不是一只鸟呢？有翅膀而不能飞，该是怎样的不幸啊！

每一次给它喂食，我都想：如果它一夜之间变成一只鸟，对它，对我，该是如何地欣喜？

然而它死了。死于连日阴雨和营养不良造成的病痛。我很难受，一个鲜活、文静、纯洁、孤独的生命离我而去了……

我想起它生病的前一天，它还为我生了一个蛋，蛋壳很薄，有些地方还没有完全弥合，可以看见里面的蛋黄色。我捧起那颗蛋，又感激又难过：鸡啊，你缺乏营养，几乎已经不能构造一颗完整的蛋，但还在为你不理解的这个世界提供营养。想到这里，我几乎掉泪了……

如果它不这样死去，而是活着，又该怎样呢？我不能再想下去了。

当晚就有梦：一个神话般美丽又缥缈的梦，我在梦中超度了它，这不幸的，白色的生灵，在我的梦里飞得很高很高——

它的翅膀跃动起来，复活了飞翔的天姿，它变成了一只白色的神鸟，往返于白云和雪山，鸣叫于旷野和江河，在坟墓和死亡的上空，划过一道又一道静美的雪光。

在命运之上，高高地回响着生命的赞美诗。……在梦里，我好像很欣慰，好像一直在微笑着……

（原载于《西安日报》副刊《西岳》）

喜　鹊

喜鹊这名字真是起神了。见多了天底下的鸟，就发现只有这喜鹊该被叫作“喜鹊”，不信，你试着把斑鸠叫喜鹊，它不像，它像个老学究，且是那种“述而不作”的学究，一年四季都在“注释”，说起话来也是咬文嚼字没有新意，更没有一点儿喜气；设若古人一开始就把麻雀叫“喜鹊”，那么后人是会更正的，它叽叽喳喳，像在说是道非，从它嘴里，好像听不到什么“喜”；燕子不能叫“喜鹊”，它太劳碌；白鹤不能叫“喜鹊”，它太高傲。

喜鹊，只能是这一种，只有它才是喜鹊。

它说话节奏很快，嗓音畅亮；羽毛黑里透白，一点严肃被轻盈的亮色冲淡；尾巴长长的，礼服是大了一些，看这装束，不正是旧时代那些主持喜庆仪式的文雅秀才？

它更像一个能说会道的小媳妇，很真诚，又有点儿轻薄，心里藏不下什么秘密，总要抖出来才能安静地过夜。新巢筑起来，它报喜；女婿回家了，它报喜；分娩了，它报喜；孩子满月了，它报喜；孩子分家了，它报喜；它终于老了，它报喜；它不能再向大家报喜了，它仍然拖着老迈浑浊的嗓子，向大家最后一次“报喜”，不过，有经验的老人却伤心起来，他们听见了不祥。几天以后，林子里或原野上，人们会发现一具喜鹊的遗体，原来，那最后一次“报喜”，是它在向大家告别呀。

望着榆树上那空空的鹊巢，老人的心里也空空的。不过，想起喜鹊不忧生、不惧死的一生，老人忽然有了顿悟，心里升起一种超然于物外的宁静。

鹊巢里又有喜鹊了。在充满忧患的日子里，它减轻了我们灵魂的负担；虽然，风雨经常袭击它的小屋，竹竿、子弹、毒药、天敌时时窥视着它，危险来自四面八方。喜鹊，你这纯真的鸟儿，你继承并保存了乐天的性格，你相信只要天空还有白云，生活就不会总是灰色的。你不停地报喜，你似乎相信，只要不停地重复这古老的信念，天上地下，树上树下，总会好一些、多一些喜气的，至少不那么糟……

（原载于《拂晓报》副刊）

水边，那只白鹤

星期天，我到河边散步，随身带了一本《昆虫记》，法国昆虫学家法布尔的名作，被誉为“昆虫的史诗”。这部书共有10卷，我今天带的是其中写蜜蜂、土蜂的那本。现在是4月，庄稼拔节，杂花满地，油菜花开得正盛，金黄色的波浪铺张成海洋，远远看见两个小孩手挽手从阡陌走过，很快就被花海淹没了，心里感叹：这是多么美好的失踪啊。走在植物之中，你不能不佩服植物的单纯和伟大，它们并没有用心策划，也不发什么宣言，只是简单地随了季节和阳光的感召，就让整个大地换了一个模样。这季节最幸福最忙碌的，当是蜜蜂们。它们纷飞于花海，吟唱于暖风，在空中开辟了无数通道，把春天的精华，运往它们的秘密工厂。

在蜜蜂们身边读关于蜜蜂的书，我想也许能读得更深入。虽然这是19世纪一位法国人写的法国蜜蜂，但我想，蜜蜂没有国籍，时间也不能轻易改变蜜蜂们爱花的本性和酿蜜的技艺，所以我要在这个春天里证实：我看见的蜜蜂和法布尔看见的蜜蜂，是大同小异的，都是宇宙间最优秀的蜜蜂。

我坐在临近河湾的一片油菜地边，“检阅”了数千只蜜蜂以后，我翻开书，读到第5页，在描写蜜蜂将花粉装入胸前的“花篮”这一段的时候，我抬起头来，想锁定某只蜜蜂，看看它们的“花篮”是否已经盛满，看看它劳作时的表情，听听它对春天、对花的评价。然而，当我抬起头，我竟看到了前面，芦苇轻摇的河边，站着一只白鹤。它长久地俯首凝视着水面。它肯定早已看见我了，但它并不留意我，也不戒备我，它只是

猪妈妈

猪妈妈细心养育着猪娃娃，同时还日夜警惕地保护它们。我们的邻居家里养着一条黄狗，常到我们家串门找东西吃，有一次，猪圈门没关严，那条黄狗溜进猪圈，想偷食槽里掺有麸皮和米糠的猪食，猪妈妈以为狗要叼走自己的孩子，猛地从窝里站起，用身子遮挡着自己的孩子，嘴里发出愤怒的叫声，见狗还不出去，就勇敢地冲向狗，昂着头拱着身子硬是将狗赶出了圈门。在屋后水渠边洗衣服的我妈，听见动静赶忙跑回来，看见邻居家的狗嘴上沾着猪食惊惶地逃走了，才知道低着头，看着流得很慢的水。

我吩咐自己，就不打扰它了。白鹤是清高的生命，也是易受伤害的生命。我就与它保持距离。适度的距离，是自由的条件。与人打交道是如此，与自然打交道是如此，与鸟打交道肯定也是如此。

于是我又观察蜜蜂，公元2005年4月8日中国的蜜蜂，汉中的蜜蜂，土生土长的优秀蜜蜂。而《昆虫记》里，19世纪法兰西的蜜蜂们，仍飞翔在法布尔满含着惊奇的目光里。优秀的花，优秀的蜜蜂，优秀的文字，我对大自然中优秀的一切，充满了感激和敬意。

大约过了两个小时，我抬起头来，竟看见那只白鹤仍一动不动地站在原来的位置，低头凝视着水面。它不会是在那里等待鱼虾从水中跃出，据我以往的观察，白鹤在一个地方寻找食物，顶多过20分钟就要转移，灵性的鸟不犯“守株待兔”的错误。

那么它为什么要久立一处呢？

我不禁关切起它了。我合上书，离开旋绕在我身边的蜜蜂们，我绕着河湾轻轻靠近它，尽量不让它受到惊吓，在离它约 5 米的地方，我蹲下来，我想知道它在凝视什么。

我终于看见了，我也知道了。

它久久凝视着的，是自己投在水中的倒影。

它每过大约 10 分钟，就将嘴伸向水里，仿佛要把水中它的影子噙出水面，然而让它想不到的是：它却因此将那影子弄丢了，荡漾的水纹，竟是漂亮而阴险的坟墓。

它于是伤心地注视水面，慢慢地，水纹消散，水面复归平静，那被掩埋的影子又活过来，越来越逼真，而且再一次走近它。

于是，它又将嘴伸向水里，比以前更小心地，它要把水中的影子噙出水面……

直到黄昏，蜜蜂们纷纷归去，它们遵守着数万年来的作息纪律；夕阳靠近远山，就要从唐朝的那个豁口里落下去；河水此时变得色彩黏稠而且有点喧闹起来。油菜花和各种植物的香气混合着，黄昏似乎是香气最浓的时候，然而我顾不得也没心思认真呼吸，我心里牵挂着别的。

它，那只白鹤，也该归去了吧？

然而，它还站立在那里，低头凝视着水面。远山在落日的背影里锃亮了一阵，渐渐暗下去，原野、河流也跟着暗了下去。暮色里，它的影子的轮廓变得模糊了，慢慢地消融于庞大的夜色里。但我始终不忍靠近它。我怕惊扰了它，有时候，惊扰也是一种伤害。天黑了许久了，我也没有听见有翅膀飞动的声音。肯定，它还在那里站着，注视着黑暗的水面。

我十分不安地离开河湾。我的心很内疚，我竟不能为它提供一点小小的帮助，也没有语言能劝说它。我无法让它走出这忧伤的河流。

我仅仅记下日记一则，表达我对另一种生命的同情和尊敬：

我早就听说过天鹅交颈而死的故事，一对雌雄天鹅以这种决绝的方式殉了它们痛苦的爱情。鹤是水中仙子，对食物和婚恋也染了洁癖。对恋人从一而终，不是道德对它们的要求，而是天性使然。地上的大部分河流或污染或枯竭，但它们的情感依然保持着上古时代的清澈和纯真。如果夫妻一方遭遇不幸，健在的一方也常常忧郁而死。我今天就在河边目睹了令人伤怀的一幕。另一只可能已死于非命（饥饿而死，或者喝了污染的河水中毒而死，或者被人用枪弹打死），这一只就来到它们往日生活过的河湾苦苦寻找，它看到水里走来了另一只，走来了它的爱人，于是它就反复地要将它噙出水面，它不知道那是它自己的倒影，它的虚幻的影子。它相信那是它的爱人，它相信它的爱人会走出水面。唉，这世界就是如此让人留恋又令人忧伤，甚至让人揪心的痛，蜜蜂们仍在为忘恩负义的人类酿蜜，而同时，在一条污染的河流的岸边，一只白鹤正在孤独忧郁地死去，比起既贪婪又浅薄而且没有操守的一部分人类来，这白鹤是多么高贵和值得尊敬呢！然而它必须要死去吗？美的事物纯真的情感就必须要这样结尾吗？美必须要上演成悲剧才能让我们欣赏到悲剧美吗？今天的大部分时间我是在蜜蜂们身边度过的，然而它们的蜜，无法消除我内心的苦涩。明天，我是否要到河边去看看？然而我不忍去看，那伤心的水面，除了日益增加的污物和病毒，怕是什么都没有了……

（原载于《青岛日报》副刊《文学》）

鸟

万千生灵中最爱干净的莫过于鸟了。我有生以来，不曾见过一只肮脏的鸟儿。鸟在生病、受伤的时候，仍然不忘清理自己的羽毛。疼痛可以忍受，它们不能忍受肮脏。鸟是见过大世面的生灵。想一想吧，世上的人谁能上天呢？人总想上天，终未如愿，就把死了说成上天了。皇帝也只能在地上称王，统治一群不会飞翔只能在地上匍匐的可怜的臣民。不错，现在有了飞机、宇宙飞船，人上天的机会是多了，但那只是机器在飞，人并没有飞；从飞机、飞船上走下来，人仍然还是两条腿，并没有长出一片美丽的羽毛。鸟见过大世面，眼界和心胸都高远。鸟大约不太欣赏人类吧，它们一次次在天上俯瞰，发现人不过是尘埃的一种。鸟与人打交道的时候，采取的是不卑不亢、若即若离的态度。也许它们这样想：人很平常，但人厉害，把山林和土地都占了，虽说人在天上无所作为，但在土地上，他们算是“土豪”。就和他们和平相处吧。燕子就来人的屋子里安家了，喜鹊就在窗外的大槐树上筑巢了，斑鸠就在房顶上与你聊天了。布谷鸟绝不白吃田野上的食物，它比平庸、贪婪的俗吏更关心大地上的事情。阳雀怕稻禾忘了抽穗，怕豆荚误了起床，总是一次又一次提醒。黄鹂贪玩，但玩出了情致，柳树经它们一摇，就变成了绿色的诗。白鹭高傲，爱在天上画一些雪白的弧线，让我们想起，我们的爱情也曾经那样纯洁和高远。麻雀是鸟类的平民，勤劳、琐碎，一副土生土长的模样，它是乡土的子孙，从来没有离开过乡土，爱和农民争食。善良的母亲们多数都不责怪它们，只有刚入了学校的小孩儿不原谅它们：“它们吃粮，它们坏。”母亲们就说：

"它们也是孩子，就让它们也吃一点吧，土地是养人的也是养鸟的。"

据说鸟能预感到自己的死亡。在那最后的时刻，鸟仍关心自己的羽毛和身体是否干净。它们挣扎着，用口里仅有的唾液舔洗身上不洁的、多余的东西。它们不喜欢多余的东西，那会妨碍它们飞翔。现在它就要结束飞翔了，大约是为了感谢这陪伴它一生的翅膀，它把羽毛梳洗得干干净净。

鸟的遗体是世界上最干净的遗体……

（原载于《汉中日报》副刊《汉水》）

羊想对我们说什么?

碧蓝的河水,嫩绿的草滩,缓缓移动着的白色羊群。

每当面对单纯、静美的自然景象时,我们似乎都回到了少年的时光,我们的表达也情不自禁地回到中学生那稚嫩清浅的腔调和语言:

“碧蓝的河水,嫩绿的草滩,洁白的羊群……”

是的,单纯和静美有一种强大的力量,它让人的心灵返回到饱经沧桑之前的那些纯真时光。

这柔弱、洁白的一群,此时,在我的心里唤起的,也是柔弱、洁白的情感,不停地在心里漫溢。

但是，我毕竟不是少年，过了片刻，我的心情就回复到成年人的状态，并且隐隐有暗流汹涌。

我抬起头，静静地看着它们。

它们多数都低着头默默吃草，有几只偶尔抬头望望远方，却发现同伴都在埋头进餐，忽然感觉到自己有些出格，于是赶紧将头偎向青草。你就再难找到方才抬头的那几只羊了，这时候，你心里竟有了一丝低沉情绪，虽说它们都在这移动的一群里，但你已经不可能再找到它们了。

其中有一只突然仰起头，抬起前面的右腿，使劲刨着自己的脸，可能是遇到蚊蝇或甲壳虫的袭击，造成了瘙痒和疼痛，它就快速启动了医治措施，用那数百万年来一直使用的简单按摩方式，为自己去痒止痛。你以为这下认识它了，可是眨眼之间，它的简单按摩已经结束，它低头汇入它的群体，你再也认不出它了。

它们看起来缺少个性，好像是清一色的大自然的教徒。其实，你若细看，它们各有各的性格和趣味，也许各自都怀着隐秘的恋情和痛苦，只不过不为人知罢了，何况，人也懒得知道它们的秘密，人只关心它们肉的肥瘦和奶的产量。

同样是面对来人，这一只就显得特别有趣，它走近你，观察了一番，觉得你是一个好玩的伙伴，随即将头低下，而将两只角试探着抵向你，你就伸出两手各握一只角，用力做出顶的姿势，对方也用不大不小的力气顶着你，保持着“角斗”双方的平衡，但它并不真正抵向你的身体。显然，它是在和你开玩笑，和你做着有趣的游戏，以此来表示友好，同时为单调的生活增添一份乐趣。你想，你这是第一次也是最后一次与这有趣的哥们儿发生这友好的“角斗”，这单纯的游戏带给你别样的快乐，也让你产生了对短暂邂逅之后那永恒长别的隐忧，因为你不可能每天来和它做这个游戏，即使你有这个耐心，也没有这种可能，说不定就在明天早晨，那两只和你交换过体温、比试过力气的可爱羊角，就已经鲜活地挂在羊肉馆门前。

另一些羊对人保持着不远不近、不热火也不过分漠然的态度，冷静里夹杂着失望和无奈。也许它们已经知道了人的部分底细，隐约知道了它们和人的关系的本质和结局，但又无法改变过程中的任何程序和细节，只能默认和合作，与必然降临的命运达成某种无奈的默契。最初的磨合也许是极其痛苦的，时间久了，它们也就习惯了。这就如同每个人都知道自己的前面注定埋伏着一个必然的死神，但你还得必须一天天一步步向前走去，这未必是主动投靠死神，更多的是你无法摆脱生命本身既定的程序。你看见的一部分羊，正是以这样的心情面对它们的死神——面对着它们面前的人。它们并不向你示好，也不示恶，只是淡淡地望着你，然后扭过头去吃草或走路，好像在说，各走各的路吧，这辈子遇见你们了，认了，下辈子就撇清了。接着，它们咩咩咩低语了几声，那意思像是说：谁知道下一辈子怎样呢，下一辈子的事就不想了。

另一些羊，它们有着庄重的仪表，有着沉思的表情，让你感到，你面对的绝对不是一个你可以小看和随便处置的生物，你面对的，是一个长者，一个智者，是一个思想者，是自然界中完全有别于人类思维，而用另一种也许更深刻、更接近宇宙本质的思维方式思想着的大哲学家。你看，它向你走来了，它离开了鲜美的水草，小跑着靠近你，它要做一件比吃草更重要更有价值的“形而上”工作。它庄重地抬起头面对着你，用字斟句酌的语言向你连声打着招呼，也许是在谨慎提问什么，希望得到令它信服的回答，它为那疑问已经困惑许久许久了。它以为此时终于遇到一个能听懂它，也能解答它疑问的人，它那清澈的眼睛里满含着提前准备好的惊喜，它那诚恳的声音，显然是被一种酝酿已久的心情和想法控制和推动着的，它的语调那么恳切而急迫，它反复发问，而你却不回答，它不得不提高了音调，咩咩咩，咩咩……它的眼睛里渐渐有了焦灼，但是你实在不具备与它交流的能力和语言，你无法回答它，你无法缓解他的焦灼。这时你似乎明白了它那白胡子的由来，它们世世代代不得不为一个从来没有人回答的问题煎熬着，所以一生下来就老了，它们的疑问，它们的焦灼，几乎和这个世界是同样的苍老，苍老的，也许还包括它们的智慧，那是苍老而深沉的智慧，一个古老的族群在这个世界跋涉了千年万载，难道它就没有心得和感受，没有自己的思想和智慧？千百万年的漫长日子，它们全都是糊里糊涂混过来的吗？千百万年的罪都白受了？千百万年被人开膛破肚剥皮饮血，千百万年都白死了？难道它们全都白活了？这可能吗？这是根本不可能的，除非它们没长眼睛没长心，除非它们没有情感和痛感。

很可能，它们的心灵和智慧，已经苍老和深邃得令我们根本无法理解，我们被自己发明的语言锁定和控制了我们理解力的半径和范围，对别的不借助语言而直接进入本质的思想失去了倾听和领悟的能力。这是我们作为物种的局限，而它们，在我们的局限之外，在我们的思想和智慧之外，拥有着另一个我们不能进入的思想和智慧空间。

就说我面前的这只羊吧，这正在向我提问的思想着的羊，当它最终没有听见也没能听懂我的回答，看得出它有几分失望和茫然，于是又带着那疑问低头返回到自己的生活，返回到自己深沉忧郁的内心。

是的，一个生下来就熬白了胡子、有着长老风度的族群，我相信它们不会没有自己的思想，不会对自己的命运浑然不觉，它们之所以万难不舍、万死不辞地悲凉而悲壮地活着，我想，这其中必有原因和隐情——

其一，是出于它们的美学。它们舍不得离开青草、流水和白云构成的这个还算生动的宇宙的牧场，它们喜欢以“思无邪”的纯净心灵鉴赏这一切。

其二，是出于它们的仁慈。它们不愿意抛下人类，虽说它们不理解他们，他们也不理解它们，但它们至少感觉到，在多数情形下它们面对的这些人类，并不过分邪恶和残忍，于是它们劝说自己，那就活下去，与他们作伴吧，他们也很不容易的，他们像我们一样也要一茬茬消失的，他们最后的结局也未必比我们好啊。那么，原谅他们并为他们做些牺牲吧，我们不下地狱，谁下地狱呢？

其三，是出于它们的信仰。它们相信，它们的族群世世代代追问却总是无人回答的那个“为什么”的疑问，终有一天会得到回答，为此它们带着那信仰般坚定的疑问，不辞辛酸和死亡，世世代代坚持在世界的牧场。

“碧蓝的河水，嫩绿的草滩，洁白的羊群……”

显然，少年过于天真的语言和过于抒情的描述，并不能触及生命和生存的真相，即使面对一群单纯的羊，它带给我的，除了单纯，更有忧伤。美学让我们具有了分享自然美感的目光和心智，使我们常常陶醉于生存牧场呈现的缤纷幻象和审美表象，而省略了表象后面残酷血腥的食物链的无情真相，从而为我们制造了所谓幸福啊，快乐啊，自在啊等等美好的幻觉和消费的快感；但是，在本质上，美学并不是世界的决定性因素，自然和生命，是被生物学的冰冷逻辑牢牢控制着的。对此我们真的无法改变，但对其中隐藏的疼痛，我从来就难以释怀。

对不起，我想多了，亲爱的羊们，我的朋友，我的菩萨，我的哲学家，我不打扰你们了，赶紧吃草吧，趁着阳光暖和，青草正香……

（原载于《重庆时报》副刊）

爱的呼叫

春夜，天仍凉，月光照在地上，如霜。溪水的弦音颤得厉害，似在回忆冬天的磨难。一些花开了，淡淡的香，像不富裕的人家，不敢随便花钱，仅做点小本生意。燕子们稀稀拉拉回来了一批，找不到往年的屋檐，这家主人的脸上看不出亲热的表情，只好在别的屋檐下试探，终于听到了熟悉的招呼，索性就在这里过夜，歇息疲惫的翅膀。

我和燕子住在同一个屋里。它们在梁上，我在床上。它们睡熟了，我却失眠了，我听见窗外那撕心裂肺的哭声。

这是猫叫。这肯定是世上最令人不忍耳闻的声音了——那痛苦的猫肯定也是令人不忍目睹的吧。于是它选择了夜晚，它不愿让人看见它痛苦的形象。

这是强烈的爱的呼叫。这是一个孤独的生命向爱求援，想借助爱的筏子渡过苦海。这是一封写了无数次的情书，无处投递，于是对着荒野朗读，自己把自己感动得流泪。这是春潮，脆弱的理性不堪冲撞，每一寸堤岸都承受着千万吨压力。这是来自广袤天地的爱的冲动，无边无沿的渴望，却让一个小小的生灵负载。它奔走于夜晚的每一条路径，它哭泣着倾诉，它诅咒着自己的多情。没有谁辜负它，那就只能怪它自己错了。但是它不能制止自己的错误，要是它错了，这个夜晚也错了，天上的月亮星星们也全错了。它哭得更伤心了。它没有理性也没有能力制止自己。我惊讶于它如此强烈而坦白的爱。我惋惜竟没有一只猫在此刻出现，披一身月光的婚纱来到它的面前，那将是狂喜和晕眩的时刻。难道这个夜晚只有猫的哭声？

它叫得——哭得更痛苦更伤心了。它简直是绝望了。我听见碰撞的声音，是不是它在撞击那冷漠的石头，它是要殉情吗？这么辽阔的夜晚，就没有一只被它感动的猫吗？

它的恋人呢？是变心了？是失踪了？还是误食毒药死了？还是与它失之交臂流落远方？还是已投奔富贵人家被作为宠物供养在深宅大院？

它仍在痛哭。这撕心裂胆的哭声，这为爱而受难的哭声，越过生物界限，深深感动了我。我知道它并非向我求援。任何一种生命，当它们被爱的意志控制的时候，它们都那么纯真，那么死心塌地，那么值得尊敬。

它仍在痛哭。为这痛苦的爱情，它将流浪多少个夜呢？

我不忍听它的哭声。但是我没有能力帮助它。我同情这被情欲折磨的孤独的猫，这可怜的生灵。我想到，在整个生命界，一代一代，都要承受多少苦难和不幸，包括肉体的和精神的，才熬过生存的长夜。

我不愿再听到那痛苦的声音。我关了窗子。我祝愿那只可怜的猫找到热爱它的好猫。

叽叽喳喳，燕子已早早起床了，一趟趟衔回春泥，正忙着举行新巢奠基仪式。

哦，这辛苦的鸟，祝福你们——我代表刚刚起床的人类。

（原载于《百姓周报》副刊）

生 灵

有几次看见这样的情景：村子边，或大路旁，有人发现从林子里跑出一只野兔，就连声吼叫：打野物了，打野物了。立即，村人和路人跑过来，纷纷抄起手边器物，空手的就抓起石头，一起追捕那惊恐奔逃的“野物”。好像溃逃的敌人进了村子，立即陷入人民战争的汪洋大海。

可怜的兔子，可怜的野物，多乎哉，不多也，一两只也。就这，人也不放过。人们似乎已经习惯了没有生灵出没，没有自然野趣，纯由技术支配和商业安排的远离大自然的孤岛式的“文明”生活，看见一只野生兔子，都像看见了天敌，必欲捕之杀之而后快。

也许，是兔子看人可怜，觉得人除了见过人，见过钢筋、水泥、轮胎和雾霾，见过和吃过一些动物的肉，很少见到过大自然和大自然中的生灵，何况生灵已基本被他们消灭光了，就剩下他们在光溜溜的地球上瞎折腾。幸存的那只兔子就自作主张，扮演了自然使者的角色，到庞大人类王国里去明察暗访，去惊动一下他们那千篇一律的“幸福生活”，让他们在机械化、数字化、格式化的生存之外出一会儿格，走一回神儿，让他们那被功利化、目的化牢牢捆绑的单调生活，有片刻的松绑和游离，体会一下与别的生命不期相遇的意外惊喜和审美发现。

是的，在这个被人彻底扫荡了的世界上，除了人山人海，除了保护区里那几样濒临灭绝的野生物种，别的，还有什么呢？我们，为什么不能宽恕一只兔子呢？为什么不给它们一条生路呢？在我们的生活里，偶尔或经常能看见一些野生的生灵，这难道不是上苍对我们的厚待吗？

（原载于《陕西日报》副刊《秦岭》）

第三辑

温暖的地址

谢家桥

在离我们村不到半里路的田野里，有一个地方，叫谢家桥。桥，只是一个小石桥，两块长条方石，搭在溪沟上，长不足一米，一步就可走过。从田野里弯弯绕绕流过的无名溪水和这片无名田野，因为有了这小小石桥，也都有了姓名：谢家桥。

小时候，谢家桥是我们经常去的地方。家里谁头痛发烧了，大人就喊我们：娃们，去吧，到谢家桥溪沟边采些灯芯草、麦冬，熬点汤药喝；放学了，我和小伙伴就到谢家桥的田埂采猪草，也在溪流里玩放纸船的游戏；

三四月里，谢家桥一带的数百亩油菜花开了，金黄的一大片看不到边，那是我们小时候看见的很大的金色海洋，我们钻进钻出在海里捉迷藏，蜜蜂满身披黄，我们也满身披黄，区别只是我们不会酿蜜，我们酿造单纯的快乐。

逢年过节，是拜年访亲的时候，我们到谢家桥迎接上门的亲戚，亲戚们离开时，我们随大人送行，也是送到谢家桥。常言说，送客送到村口上，送客送到大路上，送客送到桥头上，才算合礼数，有情义。那时心里就想，要是没这个谢家桥，那我们送亲戚该送到哪里才合适呢？送到村头，我们家本来就在村头，那等于没送；送到大路上，那时乡间的路都是小路，公路离我们村有三四里路远，再说亲戚又住在与公路相反的地方。多亏了这小小的谢家桥，不说别的，就说迎客送客，也让我们有了一个温暖的地点，一个有情有礼的地点。

谢家桥，原本既不是一个村庄的名字，也不是一片田野的名字，只是一座小小石桥的名字。在广袤原野上，为一个一步即可走过的小桥起一个名字，而且这一叫就叫了几百年。这中间有什么原因吗？

后来我才知道，离那个小小石桥不远的那户人家，姓谢，祖上是旧时乡间秀才，酷爱读经吟诗，还开办私塾，收徒传道，虽非大户望族，却肯济世助人，行善无数，在方圆数十里的村野溪壑，修大小石桥、木桥数十座，方便众人，从不留名刻姓。百姓为了感念谢家恩德，就将他家附近这座原本无名的小小石桥，叫作“谢家桥”。

这一叫，就叫了数百年，把这条溪流叫成了谢家桥，把这片原野叫成了谢家桥，甚至把天上的月亮也叫成了谢家桥的月亮，记得那时过中秋节，我们在村口看月亮，月亮升到谢家桥一带的原野正中，大人小孩儿们就望着月亮说：快看，谢家桥的月亮好圆，谢家桥的月亮好亮。

谢家一直单家独户住在谢家桥附近的原野。我上中学时天天从谢家桥路过，每一次路过，就要望一眼那座朴素安静的房子，青瓦，白墙，房前屋后栽着椿树、榆树、柳树，山墙旁一丛青翠的竹子，于微风里静静摇曳，摇出了一种田园幽思。偶尔有狗叫，也似乎比别的狗叫声显得温和，却从未见到那狗是黑是白。春日，菜园里，篱笆前，绿树间，杏花、桃花、李花，一起开了，红白掩映于青绿，让人眼睛一亮，心境缤纷。

可是，我却从没有走到谢家屋门前或房檐下，去仔细看看。他们家的人，我也没有正面看见过，只隐约见过他们走在屋后田野小路上的背影。

后来，我见过谢家的一位大姑娘，高挑个儿，苗条端庄，留着两条齐腰的长辫子。走路步子轻轻的，像有一股微风在暗暗吹送着似的。我见到她不久，她就出嫁了。

前些年，我回老家，谢家早已搬走了。那座房子也不见了。

那条溪流早没了，桥也没了。

我问村里的年轻人：谢家桥那家人搬哪里去了？

年轻人问：哪里是谢家桥？我们这里没有谢家桥。

谢家桥，谢家桥，世上从此再没有了这个地方了吗？

可是，我心里有个谢家桥。

我还记得那清清溪流，那小小石桥，我还记得谢家那位姑娘，她的名字叫：谢云仙。

（原载于《皖北晨刊》）

农家坡，农家婆

吾乡往西二三里，有一座山，是我自小认识的第一座山，我第一次爬山，也爬的是这座山。它看起来很有气势，块头也大，连绵数十里，如长龙腾跃、蜿蜒。与别的山相比，也算不小的山，但从没人叫它山，都叫它：农家坡。

山上有溪，有泉，有树林，有庄稼地，种着麦子玉米，红薯土豆，小时候还听说山上有狼，我们那里一个姓杨的人，在他还很年轻的时候上山砍柴，累了，靠在树上打盹儿，被一只小狼咬走了半只耳朵。山上要啥有啥，是一座很像样的山了，但我从没听谁把它叫山，一次都没有，人们都把它叫农家坡。

这山的半山垭口，叫前垭河，路边有一座庙，供着山神，我小时候上山随大人割柴，见过那尊神，泥土做的，身子骨用木棍、竹子撑起，五官是用毛笔画的，神的长相也与乡亲相似，有点像我父亲的样子，憨厚，瘦削，营养不良，劳累过度，不过，神可能不会患关节炎和腰椎劳损，神没关节，那竹子做的腰椎只会朽，不会疼痛的，不像我父亲，累出一身病。就觉得做个泥巴的神，比做人还是轻松些。那时，进庙并不跪拜，就是歇歇凉，缓口气，然后继续爬山。不过，看一眼神，心里就安稳些，消瘦、寂寞、营养不良的神，不也在这里陪着咱吗？有山神守着，该是一座有尊严的山吧，但是，人们都叫它农家坡。

后来去了好多地方，知道地名里寄寓了丰富的含义，也表达着深厚的感情。在没有山的地方，人们向往山，向往有一个值得仰望的地方，会把一个小土坡叫作山，把内心里对高大事物和超拔境界的念想，都寄托在那想象中的高峻处；在缺少平地的险陡深山，人们又稀罕平地，一处比一张草席大不了多少的平缓之地，也会被叫作李家坝、孙家坪、大铁坝。我的故乡在巴山腹地，像藏在山的胳肢窝里的傻小孩，抬头举目多的是高山大岭，那些不那么陡峭、样子温和一点的山，即便本来就是大山，在乡亲们眼里，也就成了夏家梁、王家坎、焦家嘴、席家峁、农家坡。

农家坡被几千年几千年地一直叫过来，还有别的原因吗？我妈在世的时候，我问她：那么大一座山，为啥从来没人把它叫山呢？

我妈说：你知道的，你娘是小脚，乡里许多我这个年纪的女的，当娘的，世世代代都是小脚，我们一辈子没上过几座山，脚小，山陡，我们想上山，想站在高处看看自己这辈子过日子的地方是啥样子，看看远处是啥样子，我们上不去。只有那个山，我们这些当娘的也能上，上去采地软、拾蘑菇、种庄稼，还去拜过山神。那个山，高是高，大是大，它是慢慢地高，轻轻地大，我们这些当娘的小脚，就慢慢地上，轻轻地爬。世上哪座山，像它这样待人谦和，待我们当娘的这么好，让我们站在它身上？娃，你细看，它是一座弯下腰背的长生不老的老婆婆，把我们这些没出息的当娘的，背在背上，背到高处，让我们到高处走一趟，看一眼。它不是山，它是婆，体贴我们这些当娘的苦人，它是我们农家的婆啊。

哦，这下我才知道，在我妈这里，她把那座山口口声声叫了一辈子，叫的并不是“农家坡”，叫的是“农家婆”。在她心里，那是一位慈祥的农家的婆，是她和那些世世代代小脚母亲们的好婆婆啊。

那就尊重妈妈的命名吧，父亲们有的是山。就把母亲的这座山，叫农家婆吧。

我母亲和她那一代的小脚母亲们，陆续都走了，越走越远。

那座温和大山，那位慈祥的农家婆，成了她们的雕像。

（原载于《拂晓报》副刊《文学》）

连二三弯

连二三弯，在农家坡以西，群山奔跑至此，似乎累了，就慢下来，慢成一座徐徐而上缓缓而下的温和之山。跑累了的山在此慢步休息，走累了的人们，采青的、割柴的、放牛的、采地软的、收包谷的人们，以及牛们、羊们、跟着主人上山的狗们，都累了，也在此慢步休息。慢行着，缓口气，歇息着，脚下却并没有停止赶路。过了连二三弯，下坡路就多起来，爬过前垭河，就看见山下原野上自家的炊烟了。耳朵尖的孩子们，还会听见自己的妈妈正在某个屋檐下拉长嗓子高喊：云娃，回来吃饭了；喜娃儿，过沟下坎儿留心些。

连二三弯，转过一个山弯，再转一个山弯，连转两三个或四五个山弯，就是持续的上坡或下坡。这座谦卑之山，像是对世世代代在尘世的峰峦艰难攀援、辛苦谋生的人民和众生的一种体恤，几句问候。造物者造山之前，似乎揣着腹稿：料定万物艰辛，众生劳苦，环宇险陡遍布，留些平缓处，让众生歇息，得点儿自在，也有个回望和念想之地。

连二三弯，我小时在此山采青、放牛、采野菜。一个弯一个弯地转，转不出那满山青翠，满山鸟叫。有一次放牛，起云了，满天的白云，满山的白云，我是第一次在山上遇见这么厚的云，我有点恐慌，我怕云不会离开这里了，我怕我走不出这无边无际的云。我紧紧抓着牛缰绳，让牛为我壮胆。牛大口大口嚼着云，一点儿也不急，牛是见过世面的，牛安慰了我。过了一些时辰，云散了，山被云洗过一次，那个绿，那个静，那个清爽，我不写了，你去想吧。后来，读到唐朝贾岛的“松下问童子，言师采药去。只在此山中，云深不知处”，觉得诗很好，意境幽深，也觉得贾岛写的正是小时候的我，不同的是我没有采药，我在放牛，不过，对了，我一边放牛，一边也采了些野菜，民间说“百草皆是药”，那么我也在采药，这首古诗就完全是在写我童年的一次经历。诗的出处，就在连二三弯。

连二三弯，这名字，让我感到民间命名的自然和亲切，大智若愚，大名无名，他们为大自然命名，眼里心里有个永远比人大的大自然，无论怎么命名，大还是大，自然还是自然，不因人的命名变小，或变得有了心机。有了名字的大自然，依然是大自然本身，而不是人的什么物、家具、资源或征服对象。比如“孙家湾”“凤凰岭”，不过是孙家住在大自然的某个胳膊弯里，不过是有如凤凰展翅的一道岭。连二三弯，这名字，就像自然本身一样自然，那意思是：人或者众生，在岁月的深山老岭转了二三个弯，接着，上坡了，下坡了，然后，回家了……

（原载于《汉中日报》副刊《汉水》）

凤凰山

那山不是很高，满山全是松树。一走到山根下，松香的气息就往鼻子里蹿，再往树林里走，就满身满心的松香了。难怪我父亲每次割柴或采青归来，身上总有一种好闻的气味，遮没了平日里的汗味和烟叶味。赶山的人从山上归来，身上都有着不同的气息，凭气息你就知道他钻了什么林子。清爽的香气告诉你他准是进过松林；阴郁的香气证明他刚从柏树林里走出；若他身上漫出淡淡的清凉的香气，你到竹林里去找吧，总能拾起他的一串脚印；如果他到青冈林里劳作了一天，他准会带回一身温爽、微苦的气息归来……

那年初秋，我刚满八岁，第一次随小伙伴进山拾蘑菇，上山前，大人只告诉我一句话：松树林里蘑菇多，去找吧。我就找到了这座长满松树的山，幽深的林子里，是我有生以来从没有看到过的景象，密密的松树，厚厚的松针，清亮的溪水从林中流过，鸟在前前后后叫，却看不到它们的身影，抬起头来，从树枝间漏下来的天空是那么神秘遥远，那么蓝，像母亲的蓝头巾飘在天上又落了下来，像神话里神的目光望着下界；在林子里转几个弯，突然眼睛一亮，像做梦似的，眼前出现了一丛丛、一朵朵五颜六色的蘑菇，像一个个戴着不同颜色帽子的小精灵，好像一直等在这里，要送给我一连串惊喜。面对这梦境似的礼物，我伸出的手竟有些犹豫了，它们这么好看、这么鲜美、这么纯洁，这么喜气洋洋地等待着像它们一样善良天真的小伙伴，来和它们玩森林的游戏，它们是让我采拾的吗？是让我们吃的吗？我的手配采拾它们吗？能采拾它们吗？一惊就醒的是梦，一碰就碎的是美啊。我心里响起两个声音，一个声音说：采下吧，采下吧，这是给你的；一个声音说：留下吧，留下吧，这不是你的。

我终于没能抵挡住那梦境似的过于缤纷和强大的美的诱惑，原谅一个小孩儿对美的事物的无邪的占有吧。大自然的礼物既慷慨又深情，而专供小孩儿的礼物，更携带着对心灵的震惊和唤醒，开启了这颗心对自然万物持续的好奇和眷恋。我采了一部分，留下的却更多，心想，到了下次，我还会找到它们的，它们还会在这里等我的。走出松林的时候，篮子里已盛满了彩色的蘑菇。既高兴，又有一点儿内疚，觉得对不起这座山，对不起这片松林，对不起盛装等待的天真的蘑菇们，对不起这些初次上山就遇见的可爱的精灵，看看，我把人家那么好看的帽子都弄破了；看看，我把人家领出了那么安静的森林，我能把人家带到更好的地方去吗？

以后我再没有到这座山上采拾过什么或砍伐过什么，虽然我知道它的林子里，藏着许多缤纷的事物，也许正是害怕损害了那最初的记忆，我对这座山，就一直怀着对神灵一样的敬畏和对初恋一样的念想。

后来我才知道，这座山就叫凤凰山。观其山形，果然像一只展翅欲飞却始终没有飞离的矫健凤凰。据说凤凰是并不存在的神鸟。但在我的童年，第一次出门上山，就遇见了类似看到凤凰一样的巨大震惊和幸福。

（原载于《拂晓报》副刊）

黄家院子

我一直记得那个地方，叫黄家院子。

黄家院子在我老家以西一座叫农家坡的山后面的山湾里。我小时候，随大人上山割柴、采青，都要经过黄家院子。记得我六岁时，为生产队放了两个月的牛，开头一段日子，从黄家院子旁边路过，院子里都会跑出两条狗来，一黑一黄，汪汪汪前扑后咬，吓得我抓着牛尾巴直打哆嗦，牛却不怕，哞哞叫着，昂头晃着牛角，为我壮胆。狗好像不怕牛，仍做着扑咬的架势，却并不接近，但我还是害怕，每次都是提着心从这里走过。

有一次，我放牛往回走，又被狗纠缠上了，一位老人急忙走出院子，看见我一个小娃娃跟着一头大黑牛，老人就顺手拾起一根竹竿追着狗抡了几下，严厉地教育狗：龟儿子，没长眼睛是吧，吼叫啥嘛，就不知道可怜人家小娃娃，以后再不能这样没家教，唵，赶快给人家娃娃赔不是，唵。那一黑一黄，立即不叫了，不停地向我摇起了尾巴。老人看着我，说，小娃娃，口渴了吗？来家里喝口水吧？我人小，不懂事，只是摇了摇头，连一声谢谢的话都没说，就跟着牛走了。从此以后，每次放牛从黄家院子路过，那一黑一黄不仅不再扑咬，而且见了我和牛，都要摇尾巴，轻轻叫几声，是很客气、柔和的声音，那是在向我们打招呼。我心里想，它们是记住了老人的家教了。

后来，我上了学，再没有放牛了。假期里，有时也上山割柴、采青，到林子里采蘑菇。路过黄家院子时，那一黑一黄看见我，都要向我摇尾巴，表示友好。有几次，在离黄家院子很远的山路上遇见了它们，它们一眼就认出了我，不停地边走边摇尾巴，走远了，还回过头，看了我一会儿。

但是，那位老人，我却再没有见过。

在我四十岁以后，心里老是想念小时候的人和事，想念小时候走过的路，见过的人，同桌坐过的同学，教过我的老师，爬过的山，钻过的林子，游过泳的河，我想念一切到过的地方，哪怕是走路不小心摔过跤的地方，小时候捉过迷藏的地方，或者放学后在原野一边走路一边和小伙伴奔跑着比赛谁撒尿撒得高的地方，都想去看看。看那地方现在是什么样子，看那人现在是怎么活着，看那条河两岸的柳林和竹林还在不在，看那采过蘑菇的松树林里自己画过记号的树还在不在，看那被自己和小伙伴的童子尿浇灌过的地方如今长着什么草木和庄稼。

自然，我也很想念那个黄家院子，想念那位老人。

前年，我回到老家，用了两天时间重走了小时候到过的一些地方。我特意爬了一趟农家坡，去寻找那个黄家院子。那里的地理位置我记得很清楚，到了，却不见了那个院子，向路人打听，说黄家早搬走了，这片山洼已是几十年前修的龙台沟水库水域的一部分，山路淹没在水里，黄家院子所在的位置地势较高，没被水淹，一片茂盛野草和杂木，覆盖了记忆里的黄家院子。

我穿过荆棘草木，估摸着来到记忆里那院子的大门口，我站在当年老人呵护我、教育狗的地方，四望山野葱茏，有白云隐约天心，有鸟影掠过山巅，我低下头，凝视脚下泥土，想象老人的脚在上面反复踩踏过，泥土里有其足音，有其体温，有那话语的回声，那一黑一黄的身影，也恍惚奔跑在山影中。

我记得那是一院子土房，黄墙黑瓦，大门是木门，院墙外码着柴薪和干草，常见有六七只鸡、两三只鸭散着步啄食，院墙的东面有一丛茂盛竹林，有桃、李、杏等果树，大门外边两侧有几株高大的芭蕉，从大门望进去，可看见犁头、锄头、木桶、竹筐等农具，屋檐下，挂着一串串红辣椒、金黄的包谷棒，还有一束束烟叶。有时，就见一股炊烟升起，盘旋着，与山弯的云手拉着手，好像到天上走亲戚去了，或者到对面山上串门去了，与另一股炊烟汇合，渐渐消失于远天。

我终归没有进过那院子。因为当年的幼小无知，因为匆忙，也因为它的普通。

后来，我到过不少名山宝地，看过不少王宫圣殿，作为一个俗人，我未能免俗，我被所谓的旅游产业指导着去朝拜有盛名的地方，我被所谓的消费时尚牵引着去“消费”所谓有看头的著名景点，我在一摞摞门票上走来走去，据说我是行走在时光和生命的背影里。

然而，我觉出了一种虚妄和空洞，还觉出了世人和文化很容易感染上的一种貌似很文化的势利眼：那皇宫居住过不可一世的皇帝，那宝地出过价值连城的宝鼎，那圣殿坐过一位羽化登仙的高僧……到那里，你会沾上皇家贵气，沾上宝地财气，沾上圣殿灵气。

然而，如今，什么王宫、宝地、圣殿，我都不存念想，路过瞅瞅也可，不去又有何妨。在我的心里，我是多么想念那个黄家院子，多么想念那位山野老人。

（原载于《皖北晨刊》）

懒人坪

坪不小，东西绵延三四里，是两座大山之间一片地势较低缓的慢坡，坪上野花盛开，芳草鲜美，树木茂密，青冈树、松树居多。风吹过，起伏荡漾着一片翠波绿浪，伴随着浑厚的林涛之声，颇为大气恢宏。

为什么叫懒人坪呢？我问过坡下的人家，人家却笑着回答：祖祖辈辈都这么叫过来的，你问我，我问谁呢？我们住在懒人坪，人住懒了吗？不是，我们是勤快人，不是懒得回答你，对不起，实在是不知道喔。

每次路过懒人坪，我都东张西望着，想从它的山形走势猜想名字的来历。云彩们费力地爬过高崖陡岭来到这里，就慢悠悠扯起懒腰了；雀鸟们冒着风鞭雨箭投奔这里，茂密林子庇护着它们，它们开始懒洋洋地梳理凌乱的羽毛；风经过这里也放慢了速度，岭上还刮着狂风吹着暴躁的口哨，在这里却改换成商量的语调，口里噙着绿叶花蕾，慢腾腾与草木生灵说着休养生息的闲适话题；慢性子的牛吃饱了就听着暖风的亲热话躺在草地上，口吐白沫那可不是呕吐，那是在这慵懒而满足的时刻，反刍和回想一生的峥嵘岁月；急性子的兔子不再慌张，不再是那副总在逃命的可怜样子，它们慢下来放松下来了，草丛里交响着它们从容鉴赏美食的声音，而溪流边洗脸化妆的那一只，怕是今天下午就要出嫁；桐子树下静静卧着的那一只，怕是月宫里的那只白兔，错把桐子树当作了桂花树……

那些割柴采青、负重跋涉的人们，一路翻山越岭跳沟涉涧，一来到这里，就很自然地放慢了步子，舒展了身子，匀称了呼吸，有的就索性背靠着树坐下来，咂一锅旱烟，嚼几口干粮，说几句笑话，打一会小盹儿，然后，抖擞了精神，哼着小调儿继续赶路，远方，那飘着炊烟的村庄老屋，已经在夕阳山外山，向他们殷殷招手了。

我发现，这里许多时候的情景，若是用一个词形容，那就只能在缓慢、悠闲、放松、慵懒等几个词之间选择，那就选慵懒吧，是的，很有那么一点慵懒的味道。但是，慵懒，太文绉绉了，山高地偏的，哪能那么文绉绉呢？那就只有一个字可选了，懒。可是，谁懒呢？天不懒，地不懒，山不懒，水不懒，树不懒，草不懒，鸟不懒，花不懒。人生天地万物间，万物生生不息，万物不懒，人更不懒，人忙碌，人辛苦，人不易，走过千秋万世，跋涉千山万岭，人，尤其是山里乡亲，更是满心的坎坷，满头的云絮，满脚的老茧，那就歇会儿吧，当一会儿懒人吧。普渡众生的佛，累了，也会打个盹儿的，众生累了，何妨忙里偷闲，扯个懒腰，闭眼养会儿元气，慈悲的佛，也会赶到梦里，帮我们划动疲惫的船。

于是，懒人坪，懒人坪，一个地名，就被飞来飞去的时光之鸟呼叫着，越传越远。

曾经，懒人坪给予了一个乡村少年最初的自然之美的感染和启蒙，那些草木生灵，那些星晨月夜，都让他感到了万物的神圣、神秘以及生灵们的艰辛和可爱。记得上初中时，每到假期我都要上山帮家里干活。我曾挑着柴捆，或提着盛满猪草的竹筐从懒人坪上一次次走过，有好几次与调皮的松鼠撞个满怀，它一定惊讶这个少年那羞涩纯真却汗水淋漓的脸；兔子横穿林间小径，有时正好与我迈动的腿相碰，刹那间两个生命贴得如此近，又于刹那间分别，我想再不会有这个刹那间了，下一次也许还会有相遇的时候，但那已是另一个生灵了。我对离情别绪的敏感，从这时候就已萌生，兔子、松鼠、鸟儿都是培养我情感和美感的好老师。记忆里有多少聚散的身影，就会形成多少情思的光点，光点连成一片，就成为潜意识里密集的星辰、密集的想象力的种子。有一次割柴下山，我靠着柴捆坐在坪上的一棵松树下休息，不一会儿竟睡着了。两只松鼠在柴捆上跑上跑下，以为我是柴捆下的一丛植物一棵小树，如果我多睡一会儿，它们是会在我的柴捆上做巢建立一个小家庭的。多亏后面走来的大人将我唤醒，善意地与我开着玩笑，说懒人坪上睡着一个小懒人，其实我困得很呢，我当时已经体会到劳动人民的艰辛，我想，这些小生灵们是来看望我，问候我的。现在回想起来，那种古老的劳动是很累，以致一坐下来就能立即进入梦乡。但一觉醒来，睁开眼睛看过去，到处是绿叶的影子、树的影子、松鼠的影子、鸟的影子、白云的影子、山的影子，在片刻的走神里，我竟有了今夕何夕、人生如梦的恍惚而深远的感觉。现在想来，那样的劳动，虽然累，却并不孤独和乏味，自然界的万物和生灵，都和人一起加入了那劳动的过程和山林穿越的过程，其实是丰富了我对劳动的体验和对山野的最初审美，进而无限延展和丰满了我山高水深的苍茫内心。

懒人坪，懒人坪，其实懒人并不懒，懒人坪上无懒人。懒人坪，它是勤劳的乡亲、辛苦的人们歇息的驿站，打盹儿的枕头，起航的港湾。我猜想，假若圣人睡着了，圣人也该是一副懒人的模样吧？而乡亲们辛勤劳作的时候，乡亲们其实个个都是圣人。从懒人坪世世代代走过的，都是善良乡亲和劳苦百姓，现在我明白了，善良勤劳的人就是这个世界的圣人。

懒人坪，懒人坪，懒人坪上无懒人，懒人坪上皆圣人。

（原载于《青鸟》文学季刊）

原公镇

十多年前的一个春天，春节刚过，我到原公镇闲走。其时老街尚在，旧式木房，一溜儿排开，店铺商号，杂以民居，比起闹市的喧哗，这里安详却并不沉寂，恬淡里透出几分古意。置身其间，令人身心安和。

走了几步，就发现此地别有一番墨香和风致。家家门前的春联，由不得你不驻足品赏。“有时三点两点雨，到处十枝五枝花”，“青山不墨千秋画，绿水无弦万古琴”，“猪年诗千首，鼠岁酒一船”，“春风大胆来梳柳，夜雨瞒人去润花”，“鸡声催晓读，鸟语唤春耕”；裁缝店贴的是："愿将天上云霞服，裁作人间锦绣衣"；理发店则是："虽然毫末技艺，却是顶上功夫"；更令人击节称赏的是酒店的这副："糟粕落地游鱼得味成龙，酒气冲天飞鸟闻香变凤"……几乎所有对联都是上乘佳作，对仗工稳，意境深厚，而且字也写得很好，或苍劲，或飘逸，或隽永，一副一种字体，决不雷同，显然是出自不同手笔。与现在过年花三五元买的那些简陋无文，书写粗糙，家家雷同，户户相似，视之可疑，读之无味，批量生产的所谓春联相比，当年原公镇上的春联，真正是诗意养心，墨迹养眼。边走边读，边读边记，我还拿出小本子抄录若干副。不长的街道竟走了好长时间，闲逛变成了诵读，随意的走动变成了文化采风，心里荡漾着诗情和春意。

不时有门前长者与我打招呼："年轻人来坐坐"，"看累了么，来喝两杯"，"年过得好啊"……我一一应答、婉谢，看他们的面容神态，大都淳朴谦和，庄重安恬，透出自然亲和的气息，和诗书礼仪长久熏陶涵养出的古雅气息。

不知今日原公如何？她的古风还在吗？她的诗意墨香还浓吗？那与我亲切打招呼的长辈们还好吗？我想再去一次原公，重温她的古色古香。

（原载于《汉中日报》副刊《汉水》）

二里河

离城，显然不止二里；离山也不是二里，她就在山里嘛；离河更不是二里，河叫二里河，就在脚前，裤腿已被河水打湿。那么，为何叫二里，当时没问，至今依然不知。看来，茫茫天地间，我们最大的知识不过是知道了自己的无知，我知识和学问的总长度，加在一起，远远不到二里，顶多只有几厘米吧。

古镇印象不深，古意不多。古风古韵，必得有古老的载体才能显现。古树古桥古屋，一时没有找见，心里有点遗憾。好在山是古的，是盘古开天时造的；水也是古的，是从大禹的脚底漫过来的；太阳也是古的，星星也都是古的，除了几粒鬼鬼祟祟的人造卫星，满天星斗都是孔夫子见过的。这样一想，就觉不论哪里都是古时遗址。不过，如果留下古物让人触摸缅怀，感受就很不一样。

河不大，却很美，妩媚而婉约，像古人留下的一首山水小令，含不尽之意，见于言外。杨柳垂岸，鸟雀剪波，转弯处是河流最有风情之处，水波溅溅，似有无限心事倾诉。

河边绵延着数百米沙滩，沙细白柔软，套用黄金海岸之说，我称之为白沙河岸。那么白、细、柔，踩之不忍，不踩又不甘。于是踩上去，赤脚行走，便有无数调皮手指摩挲脚心，凉意和微痒直达丹田和头顶，整个身心被来自地底的磁力打通，顿觉怡然和超然。

皮鞋里渗进了细沙，不想舍弃，就连鞋带沙穿回了家，还是不忍丢了这么好的沙。它们在亿万年前，是一座座高山大岳，后来，沧海变成桑田，高陵化为深谷，它们被时间之手揉搓成谦卑的沙粒，此时温顺地伏在我的脚底，托举我的竟是亿万年前的高山啊。这么想想，人也就得道了，就不张狂了，也就谦卑了，想想，几十年后你是什么，几百年后你是什么，千年万年后呢？你不敢想下去了，即使你成了世界首富，当了国王、总统，当了地球球长，最终你连一粒沙也不是。

最后，我把鞋里的细沙掺进养着兰花的花盆里，命名为：二里兰。

（原载于《拂晓报》副刊）

古路坝

四周皆山，山势缓缓而上，拱卫着一片开阔盆地。田野、树林、村庄散落其间，溪流淙淙，炊烟淡淡。若是黎明时分，一个人行于此地，见旭日冉冉，自山那边破夜而来，照临人世，你定有神圣之感和出世之思，你觉得这照临万物的日出，这化育万象的天地，必为着一个神圣的目的，不然，这存在的一切究竟为什么要存在呢？

于是就感到当年的传教士们真是会选地方，把陕南最大的教堂和传教中心放在这里，确实有非凡眼光。

中国自古讲风水，西方人也是讲风水的，不过他们不叫风水，他们选择一个地方是综合考量的结果。其实风水也是一种综合考量的潜科学，比科学更神秘，含有更多的宇宙意识和心理暗示。风水的道理说不太清，说不清就说不清吧，万物并非是为了说清楚而存在的。

我在教堂遗址慢慢观看，静静地，脚下是百余年前铺的砖石，砖缝里说不定还藏着当年信徒们、教士们、修女们轻轻走过的足音，屋梁上还飘着唱诗班的童声，而在陈旧墙壁上我看见几处黑黄的斑痕，是不是他们深夜读经或祈祷时，用以照明的烛光留下的影痕？

我看见了一个墓碑，墓主是一位年轻的意大利教士，二十岁来古路坝，二十七岁病逝。具体生平不详，总之，一个年轻人为了他的信仰，把生命乃至尸骨，都留在了异国他乡。

宗教是一个复杂的问题。信仰之外，又混合了文化、政治等元素。我理解，真正的信仰是为人的灵魂指出超越的方向，使人性得以净化和升华，获得来自精神彼岸的深刻安慰，让人能够从容地面对死亡，使死亡的恐惧得以化解，并且相信死亡并不是生命的彻底终结和虚无，而是生命的重新开始，越过死亡的门槛，逝者的灵魂汇入了永恒的精神生命。

他是这样的年轻，我想他远涉重洋来到异国偏僻山野，是怀抱着单纯甚至高尚的信仰，他愿意为了一种精神而献身。高尚的精神是没有边界的，他以年轻的死最终超越了肉身的边界。不知他生前在这里生活得快乐吗？充实吗？他感到为信仰而工作的神圣感了吗？有没有耐不住寂寞的时候呢？有没有对故乡的耿耿思念呢？去国万里，漂泊他乡，他病危时又是怎样的心境呢？

一个意大利人的骨骸早已化入古路坝的泥土，草木庄稼从他身体的颗粒里汲取营养，绿了又枯了，枯了又绿了。他在东方一片偏僻山野里参与着无尽的时序循环。他，一个意大利年轻人，他把他的身体和心灵，永恒地放在泥土里，就像永恒地放在上帝的怀里。

我无法不对他怀着敬意。我感谢他，在远离大海的古路坝，他让我想起了大海边的意大利，想起了但丁的诗，想起了信仰对人生的价值，想起了人最终必须面对的死亡，想起了与神圣有关的事物……

（原载于《陕西日报》副刊《秦岭》）

文 川

我只是在文川路过了一次。但是，一件不大的事却让我永远记住了文川。

二十多年前，一个深冬，我在一所中学实习，周末去文川中学访问在该校实习的同学。步行二十余里，走过大片原野和村庄，田里的麦苗羞涩胆怯地伏在微凉的风里，那么细小，让人不大相信来年夏天那黄金的海洋就是它们变成的。时不时路边人家会有一只狗冲着我叫几声，却并不追扑，倒是边叫边摇起了尾巴，显然，它是照章履行公务，为主人行警戒之责，见我是良民，于是表示友好，并祝我一路平安。

老乡告知，那所中学已经不远了。这时，一条河出现在面前，波溅的水声很好听，河上是一座以剖开的木头连接的木桥，六七个大石横卧水中，充当桥墩。这水上的木石同盟，看着让人心生敬意。

这时我看见桥头对面走过来一头黄牛，个头很大，却不见放牛人跟着，也许主人有事，让牛独自回家。我是知道牛脾气的，桥这么窄，就让牛先过吧。于是我站在岸上等着。等了一会儿，那牛却站着不动，它也怕与我在桥上相遇打不过转身，想让我先过去？领会了牛的这番心意，我就更不好意思先过桥了，那样就显得我比牛还没礼仪没教养，不懂得礼让；于是我故意向桥的旁边走了好多步，向牛暗示我暂时不过桥，让它先过吧。可是，那牛不仅不上桥，反而向桥的旁边走过去，望了我几眼，低头反刍起来。见我没动静，又抬头哞了几声。

我明白了，牛是执意要让我先过桥，并且诚恳地发出邀请。

于是我过了桥。

当我过了桥，向岸上走了几步，回过头，看见那高大黄牛，缓缓上了桥，走过对岸。

黄牛转过身，朝我看一眼，哞叫两声，然后走进暮色中的田野小路。

我站在岸上，向黄牛挥手告别。

我边走边回头，目送黄牛，直到再也看不见它……

（原载于《汉中日报》副刊《汉水》）

南沙河

卧于林间松下，一觉醒来，犹在梦里。梦是这样的：我到了一个地方，一转身，人就去了唐朝，但见：山水叠翠，野村含烟；渔樵互答，言语拙朴；僧道相逢，玄机高深；钟鸣雾中，鸡啼山巅；河水清冽，掬起可饮……我俯身，正欲捧起水中云影，忽见古木幽径里，走过来一位骑着骏马的诗人，手持青竹，眼含星月，衣襟杂着风尘酒痕，袖中藏着云雾松涛，抖开来，就是万卷华章。我觉得诗人面熟，是李白？是杜甫？是李贺？是李商隐？是孟浩然？是王维？……难以断定，都有点像，都不大像。正琢磨像谁，一声鸟啼，将我叫醒。

睁开眼，看眼前山水，觉得与梦里到过的唐朝那片山水有点像，那么我还在梦里？于是嗅了嗅身边的草叶，是真的草叶，清香，还带着露水。

这下才正式醒了。这是南沙河。与梦中山水相像。有树，有花，有石，有鱼，有云，有倒影，有游人。比唐朝还多了许多玩意儿，有啤酒方便面，有手机照相机摄像机，有汽车、摩托、泡泡糖、可口可乐、易拉罐，有许多商业、许多物质、许多消费。

只是少了一样东西，使它与唐朝大异其趣。

少了什么呢？少了诗。山水无诗，则山不幽深，水不空灵。

现代的山河大地，说到底，已经被技术和商业彻底篡改、覆盖和挪用，失去了古典意境。

但我能在南沙河梦见唐朝，梦见诗，说明她值得一去，她还残留着一部分诗意。

（原载于《西安日报》副刊）

想念小村

小村很小。一二十户人家，一个小小的地名：孙家湾。

远远近近还有：李家营，张家寨，汪家梁，富家坝，杨家坪，袁家庄，吴家沟，王家坎……

这小小地名需轻轻地、抿着嘴叫，才能叫出那小小的味道、小小的意境、小小的风情。如果你大张着嘴吼叫，会吓坏了她，会惊了她的魂儿。不信，你试着大声吼一句：孙家湾！——看是不是没有了孙家湾的味儿？孙家湾飘着淡淡的野花香味儿。孙家湾像一个刚刚新婚的小媳妇，青涩、害羞、爱笑，朦胧中透出刚刚知晓什么秘密后的不好意思，还流露一点儿隐隐约约的风流，你闻这梨花，不正是她睡梦中飘出的撩人的体香？

你肯定不能大声吼叫孙家湾，只能轻轻地、软软地喊她。

李家营，张家寨，王家坎……她们都是孙家湾的姊妹。她们都是很小很小的小村。

一只公鸡把早霞衔上家家户户的窗口。

一群公鸡把太阳哄抬到高高的天上。

一只猫捉尽了小村可疑的阴影。

一只狗的尾巴拍打着小村每一条裤腿上的疲倦和灰尘。

一条小路送走远行的背影，接回归来的足音。

一座柳木桥连接起小河两岸的方言和风俗，彼岸不远，抬脚即达。

一头及时下地的黄牛，认识田野的每一苗青草，熟悉小村每一块地的墒情。

一架公道正派的风车，分辨着人心的虚实和小村的收成，吹走了秕谷，留下了真金。不管外面刮什么风，这古老的风车，他怀古，他念旧，他一年四季只刮温柔的春风。

一缕炊烟从屋顶扯着懒腰慢慢升起，与另一缕炊烟牵手，渐渐与好几缕炊烟牵绕在一起，合成一缕更大的炊烟，淡淡缓缓地，又热热闹闹地，向天上飘去，结伴儿要到天上去走一回亲戚。

一架高高的秋千，把小村的笑声荡向云端荡向天河，只差一点，就把天上想家的织女接回来了，就差那一点，织女未归，于是小村的秋千越荡越高，越荡越高，荡了一年又一年。

一棵老皂角树，搓洗着世代的衣裳，小村的布衣青衫，总是那么朴素洁净、合身得体，一年四季都飘着皂角的清香，即使走在远方的街头，闻一闻衣香，就能找到你的老乡。

一弯明月是小村的印章，盖在家家户户窗口上，盖在老老少少心口上，有时就盖在大槐树上和稻草垛上，盖在孩子们的课本上。

小学放学的学娃子，边踢石子边背诵“两个黄鹂鸣翠柳……”，小村的树上就歇满唐朝的诗句，家家户户就记住了一位姓杜的诗人。

村头那口水井，滋润着小村的性情、口音和眼神：淡淡的、绵绵的、清清的……

小村很小。小村的世面不大，小村心地单纯，心事简单，话题也简单。小村没有大起大落，没有大悲大喜，习惯了平平静静过日子，小村的夜晚没有恶梦。

小村很小。小村的心肠软，人情厚，张家娃感冒了，折几苗李家院子里的柴胡散寒祛风；黄二婶炖鸡汤，采一捧邻居菜园的花椒提味增鲜。老孙家的丝瓜蔓憨乎乎翻过院墙，悄悄给我家送来几个丝瓜；我家的冬瓜藤比初恋的后生还要缠绵多情，绕来绕去非要绕进老孙的地里，就把几个比枕头还大的冬瓜蹲在那里，傻瓜一样守着，不走了。

小村很小。小村的脾气好，性子慢，庄稼不慌不忙地长着，孩子不慌不忙地玩着，大人不慌不忙地忙着，老人不慌不忙地老着，溪水不慌不忙地哼着祖传的民谣，燕子不慌不忙地背着一部远年的家训。除了急躁的闪电，和偶尔发脾气的阵雨，多数时候，小村是慢悠悠的，羊儿是慢悠悠吃草的，夕阳是慢悠悠落山的，山湾的那汪清泉，也是慢悠悠说着地底的见闻。

小村很小。小村的胸襟并不小。小村的天空很大。天，是小村的哲学老师和伦理学教授，把深奥的道理讲得通俗透彻。小村的口头禅：老天爷在上，把啥都看着呢。小村早就明白：在天下面，谁都是小小的，神仙是小小的，皇帝是小小的，村长是小小的，人啊，鸟啊，猫啊，狗啊，蚂蚁啊都是小小的，谁都没有什么了不起。小村没有势力眼，小村没有奴性，小村不崇拜什么官啊长啊，小村只尊敬君子，君子是大人，君子是懂得天道人心的人，是有情有义的人。因此，厚道和本分，是小村对人品的最高评价；善良和仁义，是小村的身份证和墓志铭。小村虽小，小村不出产小人，小村最看重良心。

小村的鸟不卑不亢地飞着，小村的狗不卑不亢地叫着，小村的河不卑不亢地流着，小村的云不卑不亢地飘着。

小村夜晚星星很多，密密匝匝像熟透的葡萄。老人逗孩子们说:“那么多葡萄,祖祖辈辈也吃不完一小串。”

“嚓”——几粒流星划过小村头顶。

孩子们说:“天上的孩子也在吃葡萄。”

（原载于《无锡日报》副刊）

五泉山

因五眼泉得名。是故乡以西的那座小山。

五泉山，五泉山，叫了几千年没变。现在，泉早已干了，此地还叫五泉山。我几次回老家，专门跑到山上寻找那五眼泉，可是，连泉的一滴眼泪也没有了。想看一眼泉的遗址也没找到，它的眼睛已经永久地闭了。很想看它最后一眼，也不为什么，就是想看一眼，就像一个蔼然长者作古了，想看一眼他的遗容。

五眼泉里，收藏了我许多好东西。与小伙伴伏在泉边照镜子，听泉水从地底哼出的神秘口令；为同桌女孩儿采一朵泉边的野水仙，偷偷放进她的书包里。中学时，读《唐诗三百首》，一时间满心古意，突然有了朦胧的诗的情思，就模仿王维，常常于空山新雨后，来到五泉山，看明月松间照，听清泉石上流，写了一首又一首幼稚纯真的诗，用泉声押韵。

记得有一个星期天，帮大人干完农活，下午一人跑到五泉山的一眼泉边，看泉里云影、花影交叠，水光随日光移动而忽明忽暗，就在青石上坐下，酝酿着写一首诗。一只野画眉看见默坐的我，以为是一棵落叶乔木，就跳于树杈（肩上），啄其木耳（耳朵），那精细的啄法，那绝非任何神灵能制造的微妙清凉和微痒，从鸟的口舌传遍了我的身心。我就一动不动静默着，看它怎么处理我。它品尝了我一会儿，大约觉得不怎么可口，低声议论了几句，翅膀一扇，飞了。其时，我被诗照彻的年轻透明的心里，满溢着晴空白云般的诗的情感，如这波光漾着波光、倒影重叠倒影的雨后清泉。鸟的降临，为这空蒙寂静的时刻，增添了神秘动感。那天，诗写了什么，早遗忘了，但是，那个诗样的下午，在我记忆里深藏至今。那阵奇异微痒，仍时不时在我左耳上簌簌着，让我猛然记起那只画眉，那个下午，那眼泉。

五泉山上的五眼泉，五只眼睛，不只认识我，它认识太多太多像我一样的孩子，它也滋养了太多太多像我一样的孩子。故乡的人们大都心地善良，性情温厚，我想也是因了这泉水，血脉里流淌着清润的气质。而世世代代的人，在还是孩子的时候，受过父辈的家教，也都受过泉水的诗教。我把自然对人的教育视为上苍对人实施的一种诗教，山川草木，银河星空，风花雪月，白云流水，等等，都是诗教之教材。泉，堪为经典教材。在泉的眸子里，收藏着我们的身影，沉淀着纯真的感情。而它在地层深处的神秘经历，它从不可知的远方一路提炼出的深沉思想，它历经岁月泥沙而始终保持的透明情感，它清澈灵魂里倒映的天地幻象，这一切，都潜移默化着人的性情和德行。当你喝下一捧泉水，你其实也服用了一剂灵魂的清凉药；当你将身影投于泉中，你其实也在用天地的明镜辨认自己的清浊；当你于寂静月夜从泉边经过，看见一轮明月正藏在泉里沐浴净身，你忽然感到万物都有自己的洁癖，而人，为什么不能有一点心灵和道德的洁癖呢?

如今，五泉山空留下一个水汪汪的名字，在区域地图上，灌溉着干涸的地址。

大地的诗教被人的暴力打断，被迫中止。人颠覆了大地的伦理，拒绝着自然对他的诗化，而热衷于对自然的掠夺、伤害和丑化。这种伤害既深且巨，不仅使大地面目全非，而且已伤及血脉筋骨，甚至粗暴地解构了地质的构造——实则是粉碎了大地的内在灵魂，取消了大地的灵性。大地，它就像一个人被暴力所伤，造成重度脑震荡，记忆丧失，连多余的心绪、情思都没有了。就我故乡来说，五泉山就是伤痕累累大地的一个伤疤。五眼泉，在近十几年时间彻底干枯、消失。明亮了五千年、荡漾了五千年、凝视了五千年甚至更久的五只眼睛，全都瞎了。是的，大地的眼睛瞎了，他不再能看见我们，他也许不愿看到我们。

背弃了大地的诗教，荒废了心灵的学业，我们曾一度扎进金钱拜物教、权力拜物教、消费拜物教的神龛，成了其信徒和奴隶，我们本末倒置，身心倒错，我们不该那样糊涂和浑浊啊。

我当然相信，大地身上还会分泌泉水，我们心中依然荡漾美德。

我想和土地交换眼神，我希望土地的眼睛恢复往日的深情和清澈；我想触摸和解除土地的痛苦，可是我一时找不到土地的穴位。我们的土地曾经是怎样多情呀，到处都是温柔的乳腺和多情的泪腺。

我怀念祖先的大地。那是泉眼密布的大地，灵感密布的大地，诗意密布的大地。人走在大地上，无数纯真的眼睛注视着他，滋养着他，泉水以清澈的口音唤着他的乳名，纵使山高路远，他不会走失。

我怀念泉水荡漾的大地。

我怀念昔年的五泉山。

（原载于《西安晚报》副刊《终南》）

大地湾

一

我喜欢牛，我小时候当过放牛娃，放过两个月的牛。我放过的那头牛是黑牯牛，我叫它老黑，老黑灵性，我叫了两天它也知道了它就是老黑，我一叫老黑，它就把头转过来望着我，看我有何动静和吩咐。

牛本来性子慢，老黑比慢还慢，走路、爬山、过河、喝水、吃草，都慢悠悠的。这倒适合我这个七岁小孩儿，小孩儿腿短，力气小，要是牛像马那样急性子，快跑，狂奔，我这个放牛娃，在别人眼里，就成了追在牛后面的小布娃娃，不仅追不上，说不定还会滚下悬崖丢了小命的。

慢，是让人放心的，是好的。

说起来，是我在放牛，其实也是牛在放我，两个月的时间里，每一次上山，都是老黑在前面领路，我跟在它的后面，它走哪里我就随它去哪里，它爬那座山我就跟它到那座山上。老黑凭它以往多年翻山越水的丰富经历，领着我重游它的故地，也让我第一次知道世上有这座山、有这道岭、有这个崖、有这条河、有这片林。啊，它的故地，我的新址；它的旧友，我的新知。农家坡、慢坡、梯子崖、黄家院子、尖山子、李家大山、五泉山、凤凰山、懒人坪、东沟、猴儿山、翠竹湾、青松岭……都是老黑领我去过的。在我放下牛缰绳之后的几十年漫长岁月里，我竟然再没有去过那些地方，我可能再也找不到其中的一些地方。

想不到啊，我一生里的一段重要经历，是牛给我的，是一头慢性子的牛，领我第一次出远门，第一次认识自然，第一次认识世界，第一次认识故乡的好河山。

二

我童年的时候，还处在古老农业社会的尾巴上，那是一种慢生活，朴素、清贫，但并不贫乏，清贫里透出几分谨慎和对人间情义的看重；节制、缓慢，但并不凝滞，缓慢里自有一种令人静下来细细品味的田园意境和乡土古风。那种慢，是扎根于农历里、轮回于四时八节里、传唱于农谚歌谣里、氤氲于乡风民俗里、鲜活于鸡鸣鸟叫里、往返于麦浪稻香里、掩映于杨絮柳烟里的慢。缓慢里，日子静好，人世安稳，连夕阳落山都显得慢悠悠的，好像那夕阳不愿意告别如此静好的一天。连小河的流水都是慢悠悠的，生怕带走了一河倒影和两岸风情。缓慢里，日子就有了天长地久没有结尾也不会有结尾的感觉，古朴厚道的人们，有的是时间，去静心播种人间的情义，去感受山川万物的意味。

而我的老黑呢，它比它所处的那个慢的时代还慢，比生活本身还慢，比慢还慢。他的慢，使我这个懵懵懂懂、还不懂得速度是何物的傻小孩儿，得以慢慢悠悠地过了一段田园静美、山水悠然的幸福时光。

是的，慢性子的老黑，它比慢还慢。在心情好的时辰，在风景好的地方，它更慢了，有时就停下来，慢慢地吃草，慢慢地散步，慢慢地反刍，慢慢地体会大自然的恩情。我则在一旁睁大小孩子好奇的眼睛，打量四周的景色。

三

记得有一次，在凤凰山，我和老黑在松树林边一大片草地停下来，老黑吃草，我与树上的山雀儿交换逗趣的眼神，我还学了一阵鸟叫，可能调子走样了，学得不像，逗得鸟儿们叽叽喳喳一片嘲笑。我就对树上的鸟儿们说：别笑话嘛，你们学我说话吧，看是不是也要走调哩。老黑在一旁抬起头，觉得我竟然和野雀儿说起话了，这可是它在山上学了好多年也没有学会的。老黑的眼神似乎有些羡慕我，可能也觉得林子里这么多鸟儿七嘴八舌与一个小娃争吵有点以强欺弱，就停止吃草，抬起它那仗义执言的长者的头颅，对着树上的鸟儿们，郑重地高声哞哞了一阵，语重心长地教育了它们几句，表示对我的声援。鸟儿们尊重这位长辈的劝导，觉得他说的在理，就立即停止了对我的嘲笑，有一只花喜鹊还亲热地跳到老黑背上，为老黑啄走了几只虱子。

梯子崖是个很陡峭的山崖，七岁的我，一次次随了老黑走在崖上，每一次，我都是扯着牛尾巴爬上去的，借着牛的力气，我进行着人生最初的攀援。善良的老黑，从我一开始随它爬山，就承担了在陡峭处拉我一把的责任。我和牛的友谊，一次次刻录在梯子崖陡峭的石阶上。那情景，一定像一个小布娃娃挂在牛的尾巴上，牛悬在崖上，小布娃娃悬在牛尾巴上。远远看去，好险。然而，我们不曾有过一次跌倒，连一个趔趄都没有过。我要感谢比慢还慢的老黑，它谨慎地选择每一次下脚的路径，它细心地照料着我小小的童年。

还记得，每一次走在猴儿山下那道很壮观的瀑布下，慢性子的老黑，这时走得比平时更慢，它喜欢这自天而降激情四溢的雪浪，它喜欢瀑布的阵雨将它的身体打湿，而我也喜欢瀑布溅落在我身上和老黑身上迅速织成的洁白雨幕。看得出，老黑平时那没有表情的脸上，此时洋溢着幸福的笑容。要不是李白提前一千多年写好了那首瀑布诗篇，我相信满怀纯真诗情的老黑，一定会在那一刻脱口而出吟出一首诗来的。那一定是宇宙间仅有的一首姓牛的伟大诗人创造的诗，毫无疑问，那将是一首千古绝唱。而我生命里那些奔涌的激情，我心海里那些永不落潮的灵感，也都与那道瀑布有关。

还记得，好几次从懒人坪那片青岗树林里经过，慢性子的老黑，脚步顿时慢了下来，它贪馋林子里清凉清香的空气，它贪馋这段落叶覆盖的平坦柔软的路，而在荆棘遍布、沟壑纵横的世上，这样的路并不多见，这是天堂之路偶尔向多难尘世延伸的一小段吧，谁舍得几步把它走完？人舍不得，牛也舍不得。所以它走得很慢很慢，比慢还慢。我随着它的慢，也呼吸到了现在看来确属世上最好的空气，那毫无污染的清爽和清香，至今还储藏在我的肺叶里，帮助我抵抗这个越来越浑浊的世界。

还记得，每一次涉过那条清清小河，慢性子的老黑，被水里另一个自己，另一头牛——其实是它的倒影迷住了，它想邀请它走出水面与它结伴同行；无奈那头藏在水里的家伙并不理它的好意，算了，不勉强人家了，老黑就索性将嘴伸进水里喝几口清水，然后满意地蘸几下尾巴系一串水花。我则捞起薄片片石头，在河面上打几个漂亮的水漂。在水里，牛做着它的游戏，我做着我的游戏，我们都在各自的记忆里制造着小小的波浪。现在仔细回想，从那以后的几十年里，我和许多人一样，匆匆忙忙就像被虎狼追赶着逃命似的奔日子，竟然没有在生活的河流里投下自己完整的倒影，也没有从容地在内心的水面打过一个优美的水漂。

四

还记得，在草色鲜美、野花盛开的大地湾山梁上，慢性子的老黑，不只比平时更慢，它干脆停了下来，它完全被大自然的美景和奇异芳香征服了。它气定神怡，它静静吃草，看得出来，它全身心都沉浸在对美味的鉴赏和对上苍的感恩之中。我则在一旁静静赏花，静静地眺望扑面而来的无边春色。平日里，外婆和妈妈在田野和小河湾零零星星教我认识了许多野花和它们的名字，但在大地湾，集中了我见过的和没有见过的世上最美好的野花。大地湾，就像是学校里学生们集体出操的操场，大地湾是野花们的操场，野花穿着春天的盛装集体出场，迎接我们的到来。野菊花、马蹄莲、蒲公英、紫苜宿、金盏花、野百合花、刺儿菜、野草莓、车前子、苦菜花、白首乌、狗尾巴草、麦冬草、三叶草、野地软、野蘑菇、野荠菜、野薄荷、刺玫瑰、白茅草、柴胡、前胡、茵陈、金银花、迎春花、灰灰菜、鱼腥草、铁线草、菖蒲、野水仙、野仙蒿、七里香……这些美好的草木，这些纯真的花朵，一齐向我起舞，向我微笑，向我捧出他们珍藏了多年的礼物！一个七岁小孩子，突然感受到了这个古老无边世界的热烈和慷慨，他有点儿受宠若惊，他开始晕眩，他在春天的宠爱里感到一种受用不起的晕眩，一种无边无际的晕眩。从那以后，离开老黑以后，几十年里我再也没有新结识过一种野花和一株野草，我一直在吃童年的老本；大自然奇异之美引发的那种震惊和神秘感，那种与自然之美完全相融而达到的忘我情态，我以为几十年里再没有超过大地湾，我一直在吃童年的老本。离开老黑，离开童年，离开大地湾，纯真也离我渐行渐远。我今天终于明白：那比慢还慢的老黑，比慢还慢的童年，比美还美的大地湾，是高过我一生的天上花园。

五

还记得，有好多次月夜晚归，慢性子的老黑，好像被月亮的巨大磁场吸住了脚步，天黑了，月亮出来了，它一点也不着急，反而走得更慢。它是把月亮当作另一个太阳，另一个清凉的太阳。在夜晚，人和生灵们多数都隐藏不见了，它把月夜里安静的行走，看作是世界对它的礼让，世界尊重它，让众多事物暂时退场，郑重邀请它隆重出场。它心领了这份情意，它要慢慢丈量这宽阔、和平、安逸的时光。走过慢坡的山梁，月亮就悬在离牛角不远的岩石上，我担心老黑仰起头，那长长的牛角就能划伤月亮，当然这是不会的，那个设计宇宙的，肯定不是七岁小孩子，七岁小孩子可以不必替老天爷操心，但我忍不住总是替老天爷操心。我跟在比慢还慢的老黑后面，在高高的、宽阔的慢坡上，在高高的宽阔的月夜，认真地、放纵地想着天大的心事。那时的星空很清澈，星星很密，很大，很亮，不时有几颗流星，像鱼儿从天河里跳出来，天河好像没有岸供它停留，它终于跳得没了影儿，我看着看着，就操心起流星的事儿。流星的事没想出个究竟，织女牛郎忽然出现在我们的头顶，我又顺着妈妈讲的织女故事，为牛郎着急起来，我不也是地上的一个小小牛郎吗？原来天上也有一个放牛的哥哥，他能看见我吗？他知道我在望他想他吗？当然，老黑并不多看天上的景象，它专注地走稳每一步，专注地为我引路，让我放纵地畅想。月光逼真地刻画着老黑的影子和我的影子，仿佛要将这一幅幅版画带到天上去永久收藏。就这样，在那比慢还慢的月夜，在那比梦更像梦的时光，我看见了一生中最多也最亮的星星；在老黑身上，在我心里，落满一生都受用不尽的月光，直到此刻，这个没有月亮、空气刺鼻的寒冷冬夜，我从记忆里搜出大片大片的月光，还是四十多年前那个夜晚的，没有化学尘埃和三聚氰胺，是真正的透明月光……

六

后来的岁月，我彻底跳下牛背，彻底放下牛缰绳，彻底离开了牛哞，彻底告别了慢、告别了纯真，彻底远离了山川草木，彻底走下了大地湾。

我和我的时代坐在风火轮子上，开始了没命的狂奔。

狂奔啊狂奔，加速，提速，高速；再加速，提速，更高速！狂奔啊狂奔。仿佛身后有一千只狼、一万只虎、一百万辆坦克在追击，狂奔啊狂奔，我们向一个据说是叫作天堂的地方狂奔。

狂奔了一路，偶尔，停下来检视，发现这一路，除了尘埃和弥天噪音，行囊里竟然空空荡荡。

我们将自己搭乘在一张高速车票上，一日狂奔万里，或许收获了一些物质和数据，传播了一些病毒和垃圾，占有了一些虚名和浮利，积攒了一些空洞和疲惫。除此之外，这么多年里，我都忙了些什么，我都播种了什么，我又收藏了什么？

细细盘点，一一辨认，却发现：一路狂奔八万里，半生穿越一千河，除了邂逅了一些幻影一些错觉，积攒了一些尘埃一些泡沫，可是，可是，这么多年里，我竟没有认识一朵野花，没有打捞一个倒影，没有种植一声鸟鸣，没有收藏一片月光。

从审美和心灵的最高意义来看，我高速狂奔万里，支付半生，竟不如我跟在一头慢性子的牛后面，走一段春日山路有更多的审美发现和心灵感动；大地湾的一天，慢坡上的月夜，带给我的心灵喜悦和精神储藏，是一百列火车、一千架飞机、一万辆宝马汽车，绝然无法拉来的，这些被人们疯狂追逐的物质“神灵”，这些被时代顶礼膜拜的破铜烂铁，除了懂得盲目狂奔，它们其实是腹内空空的，它们是没有灵魂的，别指望它们给你运来心灵的粮食。

一头比慢还慢的牛，让我知道了也感受了慢的美妙，慢的丰盛，慢的诗意。

在越来越快的宇宙里，在越来越快的生存里，我时常被一头牛牵着往回走，往童年走，往大地湾走。

七

现在，我，一个正在老去的人，设想着，要与狂奔的现代保持相反的方向，转过身，想重新回到牛身旁，回到大地的怀里，回到草木中间，想过一段放牛的生活，过一段耕读的日子，过一段诗意的时光。放牛，放慢，甚至比慢还慢，在缓慢里，生命延展，心灵宽阔，岁月安稳，时光悠长。

我将慢慢地、细细地体会慢中的诗意，慢中的情义，体会丰盈，也体会荒凉，体会深沉的伤感，也体会我与万物好不容易相遇一次，这里面究竟藏着怎样的深意。

而离我不远，在心的附近，或心的深处，有古圣先贤对我殷殷叮嘱——

“江山留胜景，吾辈复登临。”

“慢慢走，欣赏啊。”

“慢下来，请等等灵魂。”

是的，是的，谢谢先人和智者指点。

我正在被一头牛牵着，往回走，往记忆深处走，往大地湾走……

（原载于《桥山》文学月刊）

已出版图书目录

一、精品栏目荟萃

《副刊面面观》

《心香一瓣》

《纽约客闲话精选集　一》

《多味斋》

《文艺地图之一城风月向来人》

二、个人作品精选

《踏歌行》

《家园与乡愁》

《我画文人肖像》

《茶事一年间》

《好在共一城风雨》

《从第一槌开始》

《碰上的缘分》

《抓在手里的阳光》